DER BLICK ZURÜCK

AF282503

THOMAS TIPPNER

FSC
www.fsc.org
MIX
Papier aus ver-
antwortungsvollen
Quellen
Paper from
responsible sources
FSC® C105338

Der Blick zurück
Thomas Tippner

1. Ausgabe

Herstellung und Verlag: BoD - Books on Demand, Norderstedt
ISBN: 978-3-8448-0020-3

© 2015 by Thomas Tippner

Bibliografische Information der Deutschen Nationalbibliothek:
Die Deutsche Nationalbibliothek verzeichnet diese Publikation in der
Deutschen Nationalbibliografie; detaillierte bibliografische Daten sind
im Internet über http://dnb.d-nb.de abrufbar.

Es war schon seltsam. Da lebte man sein Leben, machte den einen Schritt vor, manchmal wieder zurück oder zur Seite, um dann doch wieder ein Stück vorwärtszukommen. Und plötzlich, wie aus dem Nichts, passierte es einem.

Man ahnte es vielleicht, tief in sich drin, weil man immer heimlich, still und leise danach gesucht hatte, aber bewusst erlebt hatte man es nie. Aber aus heiterem Himmel war das, was man nur in ganz einsamen Stunden vermisst hatte, da. Erst war es nur ein Gefühl, eine Regung, die man nicht wahrhaben wollte.

Ein kurzer Gedankenblitz, der einen innehalten ließ in seinem Tun, um sich dann zu fragen, als die erste Verwirrung abgeklungen war: *Was war denn das?* Um nach zwei, drei Tagen, an denen man seinen Alltag verfolgt, gestaltet und gelebt hatte, an diesen Augenblick zurückzudenken, der so sehr verwirrt hatte.

Sie?

Warum ausgerechnet *sie?*

Wie lange haben wir uns nicht mehr gesehen? Sieben Jahre? Zwölf Jahre?, fragte Gordon Heller sich, als er vor dem Tiefkühlregal im Supermarkt stand und gerade nach der fettreduzierten Margarine griff. *Sind wir uns schon so lange nicht mehr begegnet? Zwölf Jahre?*

Und jetzt, schlagartig, als wäre sie nie weggewesen, war sie wieder da und saß so fest in seinem Kopf, dass ihm flau im Magen wurde.

Ich verstehe das nicht, dachte er und vergaß völlig den um sich herum herrschenden Trubel. *Warum? Wie lange bin ich jetzt aus der Schule raus? Oder habe ich sie später noch einmal gesehen?*

Gordon war sich nicht sicher, während er nachdachte, ob er sie überhaupt jemals wiedergesehen hatte.

Privat auf jeden Fall nicht. Er blinzelte, als er sich vage daran erinnerte, dass er vor vier oder fünf Jahren einmal im Internet nach ihr gesucht hatte. Er hatte blind den Namen bei Google eingegeben, hatte nichts von ihr gefunden – außer dass sie ihr Abitur abgeschlossen hatte. Und das noch im gleichen Stadtteil, in dem sie zusammen aufgewachsen waren.

So hatte sich ihre Spur dann wieder verloren.

Bis heute wusste Gordon nicht einmal, warum er nach ihr gesucht hatte. Schließlich lebte er seit mehr als sieben Jahren mit ein und derselben Frau zusammen. Sie erwartete sein Baby. Und jetzt, wo er mit Sabrina einkaufen war, dachte er an eine Frau, die ihm gar nichts mehr sagte – gar nichts mehr sagen konnte.

Sie waren – im Großen und Ganzen – Fremde füreinander.

Warum aber, fragte er sich ehrlich, *suche ich immer wieder nach ihr?*

Katharina ...

Katharina Paulsen.

Um es ganz genau zu nehmen: Katharina-Linda Paulsen.

Linda, dachte er und musste schmunzeln.

Er hatte den Namen immer sehr schön gefunden. Besonders, weil er zu Katharina gehörte. Und dann der Nachname Paulsen. Irgendwie war das alles eine runde Sache gewesen.

Der Name sowie das Mädchen.

Er war damals schon, als sie zusammen auf die Grundschule gingen, total in sie vernarrt gewesen. Das ganze Geschwätz von Jungs und Mädchen, dass sie sich nicht mochten und ärgern mussten, hatte nie zwischen ihm und ihr existiert. Er hatte sie eher beschützt, weil er dachte, sie beschützen müssen zu müssen. *Sie hat sich gerne beschützen lassen.*

Das war vom ersten Tag an so gewesen, und wenn er ehrlich zu sich selber war, würde er sie auch heute noch beschützen.

Blödsinn, schüttelte er den Kopf, *was denkst du da denn für einen Quatsch? Sie beschützen. Affentheater, Gordon, nichts anderes als blödes Affentheater. Du hast sie damals niedlich gefunden, ja, sie sogar in deinen kindlichen Vorstellungen geliebt. Mann, okay, du hast damals »Westerland« von den Ärzten gehört und an der Stelle »Diese eine Liebe wird nie zu Ende gehen« so laut mitgesungen, dass deine Mutter ins Zimmer gekommen war und grinsend gefragt hat, ob alles bei dir okay sei.*

Oh ja, sie hatte damals dagestanden, durch den Türspalt geguckt und ihm einen Blick zugeworfen, den nur Mütter ihren Söhnen zuwarfen, wenn sie merkten, dass sich in ihnen etwas regte, das sie selbst einmal wie eine zum Himmel lodernde Flamme durchfahren hatte.

Ich hab sie weggeschickt, dachte er heute grinsend und erinnerte sich so lebhaft an das Schamgefühl, das in ihm aufgestiegen war, dass es ihm jetzt noch durch den Magen wehte. Nicht so stark wie damals, eher wie ein weicher, vergehender Windhauch, der raschelnd über eine Wiese wehte und es kaum schaffte, die Grashalme zu bewegen.

Bevor sie »Ist gut, mein Schatz« sagte, hat sie mich wissend angelächelt. So muttermäßig allwissend, dass ich mich nicht aus meinem Zimmer heraustraute

4

und Angst hatte, sie würde alles über mich und Katharina Paulsen ..., nein, Katharina-Linda Paulsen wissen.

Gordon musste wieder schmunzeln, als er an die Situation dachte. Ja, er hatte sich damals wirklich ertappt gefühlt. So, als hätte er was angestellt und war erwischt worden. Dabei aber hatte er zu nichts anderem als zu einem Lied gesungen, in dem es eigentlich um nichts anderes ging als eine olle Insel im Meer, auf der Menschen ihren Spaß hatten.

In dem Moment jedoch, als er auf seinem Bett gestanden hatte, um darauf herumzuspringen, die Schallplatte das Lied spielte, hatte er genau so gefühlt, wie Farin Urlaub und Bela B. den Text gesungen hatten. Er hatte ebenso Sehnsüchte gehabt, war ebenso begeistert und verwirrt gewesen, aber doch auf einen einzigen Punkt fixiert, der ihn nicht mehr losließ.

Der ihn bis heute nicht mehr losließ ... und ihn verwirrte – besonders der Moment, der ihm vorhin wieder in den Sinn gekommen war.

Er hatte im Büro gesessen und sich mit Akten beschäftigt, als er plötzlich an *sie* dachte.

Nicht an Sabrina, nicht an das Baby, nein, an *sie*. An Katharina-Linda Paulsen.

Warum auch immer.

Er drehte sich um, um zum Einkaufswagen zu gehen. Ihn verwirrte die Tatsache, dass er sich an so viele Dinge erinnern konnte, die mit Katharina-Linda Paulsen zu tun hatte, noch mehr.

Der erste Schultag.

Das Verrückte daran war: Seltsamerweise konnte er sich nicht erinnern, was Sabrina damals getragen hatte, als sie sich kennenlernten – was Katharina, aber schon.

Es war ein weißes, schlichtes T-Shirt gewesen, dazu eine kurze Hose und schwarze, wenn er sich nicht irrte, glänzende Lackschuhe. Ihre blonden Haare waren zu einem einfachen Pferdeschwanz gebunden gewesen. Und die übergroße, rosafarbene Schultüte war ihm ebenso präsent wie die Tatsache, dass sie ihn an ihrem ersten Tag schon angelächelt hatte. Ihn, den Jungen aus einfachen Verhältnissen, der damals noch gar kein Verständnis für Rollenbilder und Statussymbole gehabt hatte.

Was aber hat Sabrina am Tag unserer ersten Begegnung getragen? Was? Ein bis zu den Knien reichendes Kleid, das bestickt war mit Blumen? Oder eine von ihren unmodischen, hässlichen Karottenjeans, und darüber ein viel zu großer, schlabberiger Pullover? Oder die weiße, auf Hüfte geschnittene Bluse, die ihren Busen, die Hüfte und irgendwie auch den knackigen Hintern betonte, den sie heute noch, nach sieben Jahren hat?

Ich weiß es nicht ...

Ich kann mich echt nicht erinnern.

An den ersten Geburtstag von Katharina, zu dem er eingeladen war, konnte er sich jedoch lebhaft erinnern. Und die Gedanken, die ihm durch den Kopf gingen. Er wusste genau, dass er damals den ausgetragenen, alten AC/DC-Pullover seines Bruders angezogen hatte und sich ganz schäbig fühlte, als er in Katharinas Wohnung trat. Die Cordhose war ebenso ausgeblichen gewesen und an seine Frisur wollte er gar nicht erst denken. Prinz Eisenherz wäre damals stolz auf ihn gewesen.

Als Kind war es ihm nie in den Sinn gekommen, sich über Statussymbole Gedanken zu machen. Außerdem kam er aus einem armen Haushalt. Nach der Scheidung seiner Eltern war seine Mutter froh gewesen, überhaupt irgendetwas zum Anziehen für die Kinder zu haben. Hätte es damals Oma und Opa mütterlicherseits nicht gegeben, wäre die Familie sicherlich das eine oder andere Mal hungrig ins Bett gegangen.

Verrückt, dass ich mich an das erinnere, wie ich damals ausgesehen habe. Und irre, dass ich genau weiß, was Katharina-Linda Paulsen damals getragen hat. Das rosafarbene Kleid mit den weißen, abgesetzten Spitzen. Ihr blondes Haar war zu zwei Zöpfen geflochten und ihr ebenmäßiges, schönes Gesicht, in dem es diese herrlichen, kreisrunden, großen blauen Augen gab, die vor Freude strahlten, war voller Begeisterung. Mein Geschenk interessierte sie gar nicht. Sie hat mich an der Hand gepackt, mich in ihr Zimmer gezerrt und mir all ihre Sachen gezeigt. Es war ihr egal, dass schon andere Gäste da waren. Dass andere Kinder mit ihr spielen wollten. Sie hat nur Augen für mich gehabt. Für niemand anderen. Nur für mich.

Gordon wurde bei all den Gedanken schwindelig. Warum brachen sie jetzt gerade auf ihn ein? Dazu noch in einem Supermarkt?

Vielleicht, weil du ein hoffnungsloser Träumer bist?, fragte er sich selber und erinnerte sich daran, dass er bei dem besagten Geburtstag neben Katharina gesessen hatte. Dass er schlechte Witze machte – wie ein Kind halt Witze macht – und dass sie darüber gelacht hatte. Ja, sie hatte über alles gelacht, was er sagte. Und sie hatte die spitzen Kommentare ihrer Mutter ebenso ignoriert wie er damals. Aber auch heute, so viele Jahre später, sah er die dünne, dem Sport zugeneigte Frau noch, wie sie sich mit der Würstchenzange in der Hand über den Tisch gebeugt und zu ihm gesagt hatte: »Wo du das schon wieder her hast.«

»Von dem Freund meiner Mama«, hatte er geantwortet und genau gesehen, wie Katharinas Mutter die Augen verdrehte.

Heute wusste er, was das bedeutete. Heute konnte er genau sagen, wie genervt Katharinas Mutter damals von ihm gewesen war. Er, der kleine, vorlaute Junge, aus ärmlichen Verhältnissen, der schlecht lesen und schreiben konnte und die eine oder andere Prügelei auf dem Schulhof hinter sich gebracht hatte. Er, der Junge, in den ihre wohlerzogene, hübsche Tochter ganz vernarrt war und nicht von ihm lassen konnte, war der *Held* am Tisch.

Eine Schwärmerei, hatte sie damals sicherlich gedacht, *dazu noch in der 1. Klasse. Nur Geduld und alles wird sich richten.*

Sicherlich ..., alles richtete sich irgendwann einmal.

Zum Beispiel der Brief, den er in der 3. Klasse von ihr bekommen hatte. Ein Brief, der ihm sagte, dass sie ihn nicht mehr so toll fand, dass sie lieber mit anderen Freunden spielte und es nicht mehr wollte, dass er ihre Freundinnen beleidigte.

Ja, das war damals lustig gewesen, wie Gordon heute fand.

Katharina hatte eine Freundin gehabt, die so feuerrotes Haar hatte, dass er sich einfach nicht verkneifen konnte, zu ihr Pumukel zu sagen. Nicht nur ein- oder zweimal. Nein, er hatte es bestimmt hundertmal zu ihr gesagt – an einem Nachmittag.

Heute konnte er natürlich verstehen, dass die Freundin, deren Name ihm seltsamerweise entfallen war, nicht mehr mit ihm spielen wollte – ebenso, dass Katharina sich von ihm entfernte.

Na ja ... Gordon war damals wirklich ein Angeber gewesen. Erst im Verlauf der weiterführenden Schule hatte er damit begonnen, sich gedanklich neu zu orientieren. Was soviel hieß wie: sich mal über Dinge Gedanken zu machen und das Verhalten seiner Mitmenschen zu reflektieren und zu sehen, wie man auf andere wirkte.

Es war dann die fünfte oder sechste Klasse, als er wieder einen Brief von Katharina bekommen hatte. Ein Brief, in solch sauberer und feiner Handschrift, dass er heute noch den Schwung des S' und den unteren Bogen des W's deutlich vor Augen hatte. Ein Brief, den ihm eine Freundin von Katharina gegeben hatte, mit der Gordon zusammen im Leistungssport gewesen war. Ina, die er damals auch ganz nett gefunden hatte, die aber nie an den Glanz und die Schönheit Katharinas heranreichte.

Er seufzte, als er daran dachte, wie er den Brief bekommen und erst bockig gefragt hatte: »Kann sie mir den Brief nicht selber geben?«

Ina hatte ihn verwundert angesehen.

Klar, hatte in ihren Augen gestanden, *kann sie dir den Brief selber geben. Schließlich ist sie in der Klasse A und du in der Klasse C, im selben Jahrgang. Aber man macht das nun mal so. Man gibt sich nicht einfach einen Brief und hofft, dass der andere den liebt. Den muss die beste Freundin dir geben, damit DU Hohlkopf auch verstehst, dass sie es wirklich ernst mit dem Brief meint.*

Katharina hatte ihm geschrieben, dass sie ab und zu an ihn denken musste, dass sie ihm auf dem Schulflur nachschaute. Ihre Worte waren so ehrlich und fesselnd gewesen, dass Gordon erneut das in sich sitzende Verlangen gespürt hatte, wieder in ihrer Nähe zu sein.

Denn als sie ihm damals den ersten Laufpass seines Lebens gegeben hatte, hatte er sich so verletzt und klein gefühlt, dass er geweint hatte. Seine

Katharina-Linda Paulsen wollte nicht mehr von ihm beschützt werden. Sie wollte nicht mehr in seiner Nähe sein – nur, weil er es nicht lassen konnte, andere Kinder zu ärgern und sie zu verschrecken.

Heute, so viele Jahre später, wusste er natürlich, wie blöd er sich damals verhalten hatte.

Aber hey, er war ein Kind gewesen. Ein Kind, das gar nicht wusste, was da mit ihm geschah, als er das erste Mal das blonde, zarte Mädchen sah, das ihm so nachhaltig den Kopf verdrehte.

Und damals, als er den Brief las, fühlte er sich so beschwingt. Ja, es war ihm, als ob er aus der Asche seiner Trauer aufgestiegen war, um wieder kräftig zu lodern und zu brennen.

Natürlich wusste er, wie albern das jetzt klang, aber damals, als er auf dem Nachhauseweg den Brief gelesen hatte, war er sich so vorgekommen. Er hatte sogar darauf verzichtet, mit seinen besten Freunden in den Bus zu steigen, um mal wieder über »Das Schwarze Auge«, Fußball oder die Wrestlingkarten zu diskutieren, die damals so »in« gewesen waren. Selbst den noch zugerufenen Kommentar von Marko, dass man sich heute Nachmittag am Affenkäfig treffen wollte, um etwas Fußball zu spielen, hatte er ignoriert.

Es gab nur den Brief und ihn.

Jeden einzelnen geschriebenen Buchstaben saugte er in sich auf, wie ein trockener Schwamm das Wasser. Er konnte sich an den Wortlaut noch heute erinnern, ja, es war ihm so, als ob er den Brief anstatt der Margarine in den Händen halten würde.

Er hatte den Brief bestimmt zehn Mal gelesen. Wieder und wieder. Als er zuhause angekommen war, in die Wohnung trat und sich durch einen Wust an Hunden, Katzen und lärmenden Geschwistern kämpfte, hielt er sich den Brief noch immer unter die Nase.

Und ja ..., er wollte sie anrufen, mit ihr reden und sich mit ihr verabreden. Wenigstens einmal. Nur mal so. Mal sehen, was sie zu erzählen hatte. Das Problem war einfach nur, dass er sich nicht traute, nach dem Telefonhörer zu greifen, um mit ihr zu sprechen.

Es war eine plötzliche Blockade gewesen, die ihn zurückhielt.

Vielleicht auch Angst.

Auf jeden Fall hatte er sie nicht angerufen, sondern sich auf sein Zimmer zurückgezogen und sich auf das Bett gelegt. Dabei hatte er den Brief gehalten, ihn gelesen, an ihm gerochen und sich ausgemalt, wie es wohl sein würde, wieder ihr Beschützer zu sein.

Am nächsten Tag, er war noch immer ganz verwirrt, hatte sie auf dem Schulflur vor ihm gestanden.

Und wieder wusste er, was sie getragen hatte.

Die Jeans mit dem angedeuteten Schlag, das karierte Hemd, dazu eines der Arafattücher um den Hals gewickelt. Ja, sie war noch immer genauso bezaubernd gewesen wie damals, am ersten Schultag.

Und ihr Lächeln, schüchtern und zurückhaltend, hatte ihn dazu hingerissen, irgendeinen dummen Spruch zu machen. Etwas in der Form von: »Komm, gib mir schon dein Patschehändchen« oder: »Willst mich wieder treffen, wie?«

»Ja«, hatte sie damals gesagt. »Heute Nachmittag. Auf dem Spielplatz der Grundschule?«

»Klar«, hatte er genickt und den Politikunterricht ebenso verträumt wie den Mathematikkurs. Alles hatte sich um Katharina-Linda Paulsen gedreht. Alles.

Jeder einzelne, in seinem Kopf herrschende Gedanke.

Und dann?

Er war nicht zum Spielplatz gegangen. Hatte sich feige vor den Computer gesetzt und eine Fußballsimulation gespielt.

Warum?

Er wusste es bis heute nicht.

Vielleicht wegen Katharinas Mutter? Weil sie ihm wieder einen *Blick* zuwerfen konnte?

Oder wegen seiner Mutter, die ihm ebenfalls einen *Blick* gönnte, der alles wusste?

Heute wusste Gordon genau, warum er damals nicht gekommen war und warum er sich eine solch dumme Ausrede hatte einfallen lassen, die scheinheilig erklärte, dass er etwas anderes vorgehabt hatte, als zum Spielplatz zu kommen.

Eigentlich habe ich es auch damals schon gewusst, dachte er. Es war nichts anderes als dummer, jungenhafter Schiss. Schiss, dass sie sehen könnte, wie doof ich eigentlich noch immer war. Dass ich von meiner frechen und vorlauten Art nichts eingebüßt hatte. Gar nichts. Ich machte immer noch schlechte Witze, trug billige Klamotten und war froh, dass ich zum Geburtstag neue Schuhe geschenkt bekommen hatte. L.A. Gear ... Was für tolle Schuhe. Mit Reflektionslicht in die Sohle eingearbeitet.

Wow.

Und damit sollte ich mich bei Katharina Paulsen ... Katharina-Linda Paulsen zeigen?

Dazu hatte ich die bescheuertste Frisur aller Zeiten. Den Kopf auf drei Millimeter rasiert und den Pony so lang, dass er meine Oberlippe berühren konnte.

Nein. So konnte ich mich wirklich nicht zeigen.

Das war ihrer nicht würdig.

Würde ihrer niemals würdig sein.

Ein Fehler?

Vielleicht ...

Auf jeden Fall hätte es zu einer Reunion kommen können, wenn er damals hingegangen wäre. Wer weiß, vielleicht wäre sie die Frau gewesen, mit der er bis zum Ende seiner Tage zusammengeblieben wäre. Sich dies vorzustellen, hatte er zu allen Zeiten gekonnt. Besonders in den Tagen und Monaten, wo er mitbekam, dass Katharina-Linda einen Freund hatte. Es war wohl die 6. oder 7. Klasse, als er sie auf dem Schulhof mit dem anderen Jungen reden hörte. Ein Junge aus den unteren Jahrgängen. Ein Junge, der ihre Hand in aller Öffentlichkeit genommen und festgehalten hatte.

Idiot!

Was habe ich ihn gehasst. Wie er dastand, mit seinem Eastpack, den coolen, bis in die Kniebeugen reichenden Hosen und den trendy gestylten Haaren. Was habe ich ihn gehasst. Ich würde ihn heute noch in die Eier treten wollen.

Aber durfte er deswegen böse sein? Nur weil sie keine Lust mehr hatte, ihm nachzulaufen?

Heute konnte er so vieles verstehen und er erwischte sich sogar bei dem Gedanken, dass er sich gerne noch einmal entscheiden durfte, ob er zum Spielplatz ging oder nicht.

Das Erstaunliche dabei war, dass er bis heute nicht einen bewussten Kuss von ihr bekommen hatte. Weder damals in der Grund- noch auf der Gesamtschule. Er hatte zwar ihre Hand gehalten, wusste, wie sie roch, wie weich die Haut an ihrem Arm oder ihrer Hand war. Aber den weichen Druck halb geöffneter Lippen, die seine berührten, hatte er nie wahrgenommen. Nein, er wusste nicht, wie einer ihrer Küsse schmeckte.

Waren sie süß? Herb? Von einer Priese Labello begleitet? Hatten sie vielleicht eine raue, spröde Stelle, die man ganz weich küssen musste?

Er wusste es nicht.

Und dann verlor sie sich irgendwann in seinem Leben.

Sie trat immer mal wieder in sein Dasein, so wie in der Schwimmhalle, auf dem Stadtfest, bei den Teichen ...

Auf dem Abschlussball war sie ihm noch einmal entgegengekommen, oberflächlich, kaum der Rede wert. Sie hatten sich die Hand gegeben, hatten sich zugenickt und waren über ein stockendes Gespräch über ihre weiteren Pläne nicht hinausgekommen. Ja, er erinnerte sich vage daran, dass ihre Mutter auf ihn zugekommen war und ihn gefragt hatte, was er jetzt für Ziele hätte.

»Ich gehe wohl zur Bundeswehr«, war seine hastige Antwort gewesen. »Da kann ich meinen Führerschein machen.«

Den habe ich bis heute nicht, dachte er.

»Aha«, hatte sie nickend erwidert, an ihrem Sektglas genippt, um sich dann von ihm zu verabschieden.

Seltsam das alles ...

... plötzlich war sie wieder da.

Wie ein Blitz, der in sein Hirn eingeschlagen hatte – um dann ebenso schnell wieder zu verschwinden, weil sein Leben sich weiter drehte und er sich um andere Dinge kümmern musste.

Und doch ..., irgendwie schwebte sie immer körperlos neben ihm her. Tauchte mal in seinen Träumen auf oder stellte ihn bei einem ruhigen Gedankengang, den er für sich ganz alleine verfolgte.

Sie war immer da ... Immer ...

... und doch auch nie, da er sie niemals wirklich fassen konnte.

*

Ah, da bist du ja wieder, begrüßte Gordon den Gedanken, der ihn wieder mit Katharina-Linda Paulsen konfrontierte.

Ein Gedanke, den er gar nicht hatte kommen sehen. Eigentlich war es bisher immer so gewesen, dass er ein kaum definierbares Unwohlsein gespürt hatte, bevor *sie* zu ihm kam. Ein Unwohlsein, wenn man so wollte, das ihn dann einholte, wenn irgendetwas nicht so lief, wie er es sich vorstellte. Egal, ob es auf der Arbeit war, beim Hobby oder in der eigenen, kleinen Familie, wo er nun schon Papa einer kleinen Tochter war.

Diesmal aber war es nicht so gewesen. Nein, es gab keinen Grund, sich zu beschweren. Seine Ambitionen, sich kreativ auszutoben und sich in der Filmbranche breitzumachen, war mit den ersten Rückschlägen, aber auch ersten Erfolgen gekoppelt gewesen. Er hatte drei Kurzfilme produziert, hatte sie veröffentlicht und ein wenig Geld damit verdient.

Zwar hatte sein Partner ihn kurz, aber heftig gelinkt, dafür aber die Quittung mit Erfolglosigkeit kassiert. Er machte auch noch Filme oder versuchte es auf jeden Fall, ohne dabei aber wirklich erfolgreich zu sein. Im Gegensatz zu Gordon. Er konnte davon alleine noch nicht leben, aber halbtags arbeiten und mit seiner Filmemacherei den Rest dazu zu verdienen, war mehr, was andere hatten, die den gleichen Traum von der Filmindustrie hatten wie er.

Und das Beste war, dass er nun etwas Geld zusammen hatte, um eine Miniserie zu drehen, die etwas Actionlastiges, Lustiges und auch Unverbrauchtes haben sollte. Die Schauspieler, mit denen er zusammenarbeiten würde, waren allesamt engagiert und entgegenkommend. Mit dem einen oder anderen verband Gordon sogar eine Freundschaft.

Jetzt aber, wo er im Bett lag, Sabrina auf der anderen Seite und die Kleine zwischen ihnen, war sie wieder da.

Plötzlich und unerwartet. Er hatte sich, als er die Augen aufschlug, erst verwirrt der Tatsache gestellt, mit den Gedanken wieder völlig woanders zu sein, anstatt bei dem Neugeborenen oder seiner Frau.

Als er jedoch merkte, wie Katharina-Linda Paulsen wieder mal seine Gedanken beherrschte, war ihm ein schlechtes Gewissen gekommen, das ihn auch jetzt noch quälte – wo er schon längst aus dem Bett geklettert war, um ins Wohnzimmer der kleinen Wohnung zu gehen.

Er hatte sich auf die ausgewetzte Couch gesetzt und einige Minuten gegrübelt.

Und sich daran erinnert, wie gerne Katharina immer geschwommen war. Dass sie in der Schule immer zu den Besten gehört hatte.

Komisch, dass ich mich immer wieder an die Sachen erinnere, obwohl sie so banal sind. Wen interessiert es schon, ob Katharina-Linda Paulsen gerne geschwommen ist oder nicht? Das ist doch völlig unwichtig.

Aber ihn interessierte es.

Ebenso, dass er noch immer ihren Geburtstag kannte.

Ja, obwohl er längst mehrere andere Beziehungen hinter sich hatte, jetzt verheiratet und Vater einer kleinen Tochter war, konnte er sich an ihren Geburtstag erinnern.

Und die Geburtstage seiner anderen Freundinnen?

Keine Ahnung!

Er hatte selbst heute noch Probleme damit, sich den Geburtstag seines besten Freundes zu merken.

Aber nicht den von Katharina.

Der war ebenso präsent wie die Erinnerung an eben das Schwimmbad, in dem er ihr bei der Schwimmstaffel begegnet war.

In welcher Klasse war ich da? Achte? Höchstens. Eher siebte. Sie war mir entgegengekommen, die Arme unter der langsam entstehenden Brust verschränkt, die nassen Haare hinter die Ohren gekämmt. Auf der Oberlippe und den Schultern noch Wasserperlen. Über ihren Rücken lief ein Rinnsal Wasser, das zwischen ihren Schulterblättern entlangfloss, über die weichen Ausbuchtungen der einzelnen Wirbel ihres Rückrades.

Ja, ich weiß sogar noch, dass der Badeanzug rosafarben und an den Öffnungen zu den Beinen mit weißen Rüschen abgesetzt war.

Verrückt ...

Ja, es war ihm wirklich alles gegenwärtig und es wunderte ihn, dass er sich auch noch an die scheue Unterhaltung erinnern konnte. Er hatte auf der beheizten Bank gesessen, ein Handtuch über den Beinen, weil er noch nicht dran war, mit seiner Staffel zu schwimmen. Erst, als er sie draußen gesehen hatte, wo sie mit den Leuten aus ihrer Klasse zusammengestanden hatte, hatte er sie versucht zu ignorieren. Obwohl sie immer wieder zu ihm schaute, und dann, wenn er doch den Kopf hob, den Blick senkte.

In dem Moment jedoch, als sie auf ihn zugekommen war, konnte er nicht anders, als zu sagen: »Gut geschwommen.«

Sie hatte ihn ganz verwundert angestarrt. Dann aber war ein bezauberndes, ein in ihm Glücksgefühle auslösender Schauer aufgestiegen, der ihn rachsüchtig an den gestylten Typen denken ließ, der unverschämterweise ihre Hand berührt hatte. Ja, er war sich sicher, dass er wieder mit ihr zusammenkommen konnte – was immer das bedeutete. Schließlich waren sie nie wirklich zusammen gewesen.

Aber jetzt, wo er sie angesprochen hatte, war er sich tausendprozentig sicher, dass sie sich darüber freuen würde.

Klar, da war das Lächeln.

Das Lächeln, das nur ihm gehörte. Niemand anderem.

Heute aber, wo er auf dem Sofa saß und in den dämmrigen Morgen hineinstarrte, war er sich nicht mehr so sicher. Vielleicht war es auch nur ein Lächeln der Art gewesen, das sie vor ihm *beschützen* sollte. Ein Lächeln der Art, das ihn zwar begrüßte, aber doch auf Abstand hielt.

Damals aber war er sich sicher gewesen, dass sie nur für ihn lächelte und dass sie sich freute, ihn zu sehen.

»Danke. Du bist auch gleich dran, oder?«

»Noch ein Lauf!«

»Ah.«

Und dann hatte dieses seltsame, unüberbrückbare Schweigen zwischen ihnen gestanden. Ein Schweigen, das seine Zunge befiel und ihn krampfhaft daran denken ließ, irgendetwas Nettes zu ihr zu sagen. Oder eine Frage, ja, eine Frage wäre das Richtige gewesen, damit sie sich nicht von ihm abwenden konnte.

Eine Frage, die ihn zurück in die Erfolgsspur brachte, damit sie den gestylten Typen mit der bis zu den Knien reichenden Hose endlich vergaß und sich nur auf ihn konzentrierte.

Schließlich hatte er sich verändert.

Er war ein Jahr älter geworden. Hatte nur noch einen kleinen Kreis an Freunden – Freunde, die mehr Wert darauf legten, Fußball zu spielen, anstatt Blödsinn zu machen. Und er hatte angefangen, sich politisch zu interessieren.

War das nicht auch eine gute Eröffnungsfrage?

Eine, die ihr zeigte, wie sehr er gereift war? Dass er keine Witze mehr – okay, Witze mussten sein – über rothaarige Mädchen mit blasser Haut und Sommersprossen machte? Dass er, wenn er wollte, wirklich ernst sein konnte.

Oder doch besser eine Aussage treffen, dass sie toll aussah?

Oder von einer CD reden, die er sich gekauft hatte?

Die »Abstürzenden Brieftauben« standen bei ihm gerade hoch im Kurs – oder die »Toten Hosen«.

Nein, besser wäre noch, von der verbotenen Slime-CD zu sprechen, die seine Tante ihm netterweise aus dem CD- und Musik-Geschäft besorgt hatte. Eine Tante, die hier gerade gar nicht hingehörte, ihm die CD aber doch kaufte, weil er so enttäuscht gewesen war, dass der Verkäufer sie nicht rausrückte, weil Gordon noch minderjährig war.

Konnte er überhaupt mit so etwas punkten?

CDs?

»Viel Glück beim nächsten Lauf«, sagte sie plötzlich und wand sich von ihm ab.

»Äh«, erwiderte er, in der Hoffnung, dass seine sich überschlagenden Gedanken noch einmal ordnen würden.

»Wir sehen uns.«

»Ja.«

Er nickte und war enttäuscht, dass sie einfach ging. Hatte sie gar kein Interesse an ihm? War er ihr vielleicht völlig egal?

Er hatte es damals nicht gewusst und er konnte es heute nicht sagen. Er merkte nur, dass er die damals gefühlte Enttäuschung auch heute noch in sich spüren konnte. Nicht so intensiv, nicht so ausgeprägt wie damals, aber sie war da.

Und jetzt, wo er auf der Couch saß, nach der Fernbedienung für den Fernseher griff, um seine sprudelnden Gedanken mit einem oberflächlichen TV-Programm unter Kontrolle zu bekommen, schweiften seine Blicke zu dem in der Ecke des Wohnzimmers stehenden Computer.

Ist sie vielleicht ..., begann er nachzudenken und ließ die Fernbedienung wieder sinken. *Könnte ja sein.*

Und so suchte er sie dann nacheinander bei verschiedenen SocialNetwork-Seiten. Endlich fand er sie. Ein kleines, unscheinbares Profil, auf dem zwei, drei Fotos zu sehen waren – Fotos, die ihm den Atem zu rauben versuchten.

Sie sah noch genauso aus wie damals. Hatte noch immer die strahlenden, blauen, vor Freude funkelnden Augen. Ihr Lächeln – eine Offenbarung für Bauch und Herz, weil beides zu kribbeln und zu schlagen begann.

Ihre süße, kleine Nase, dachte er und schaute verträumt auf das Foto, das er auf dem Monitor sah. *Genau wie früher.*

Für was sie sich genau interessierte, was sie tat, das konnte er weder auf den Fotos noch auf dem Profil erkennen. Das aber, was er wusste, war, dass er gerne mit ihr *befreundet* sein wollte.

Deswegen klickte er auf den Button, schickte virtuell eine Freundschaftsanfrage und vergaß sie seltsamerweise wieder ...

*

Wo du mir nicht alles begegnest, schmunzelte er, als er aus dem vollen Bus trat und auf das Plakat schaute, das an einer Laterne angebracht worden war.

»Stadtfest« stand darauf und erzählte in schnellen, wie Farbkleckse wirkenden Sprechblasen, was einen alles noch so erwartete, wenn man sich auf ein

Wochenende voller Musik, Spaß und Tanz einlassen wollte. Aber genau das Plakat war es, das ihm Katharina-Linda Paulsen wieder nahebrachte.

Warum auch immer.

Sie war wieder in seinem Kopf. Dabei hatte er nichts anderes als zur Arbeit gewollt. Einfach hingehen, etwas mit den Kollegen quatschen, die von ihm erwartete Leistung bringen, um dann wieder schnell und kompromisslos nach Hause zu fahren, um die kostbare Zeit, die er hatte, mit seiner Familie zu verbringen. Schließlich gab es nichts Schöneres für ihn, als in das runde, pausbäckige Gesicht seiner Tochter zu schauen. Ja, sie war so lieb, so süß und unverwechselbar, dass er sie den ganzen Tag an sich drücken wollte, um mit ihr kuscheln zu können.

Nun aber war *sie* wieder da.

Kleine, ihn nicht loslassenwollende Katharina-Linda Paulsen.

Na, was ist es diesmal, was du von mir möchtest?, fragte er sie in Gedanken und starrte weiter auf das buntbedruckte Plakat.

Und dann, als er zwei zögerliche Schritte weitergegangen war, begriff er, warum sie ihn wieder einholte, sich in seinen Kopf einnistete und es sich dort gemütlich machte.

Es war nämlich genau vier Stadtfeste her, also gut acht Jahre, dass er ihr doch noch einmal begegnet war.

Erst hatte er es völlig vergessen.

Warum sollte er sich auch an so etwas erinnern?

Es war in einer sich drängenden und schiebenden Masse gewesen, in der er nur kurz ihr Gesicht hatte aufblitzen sehen. Ja, es war wirklich ein Aufblitzen gewesen. So, als ob jemand Massenaufnahmen gedreht hätte und mit einem einfachen Verschieben der Objektive einen Menschen aus der Masse hervorhob.

Alle anderen schoben und drängelten sich. Es war laut und die Musik ballerte unter der Bahnhofsbrücke aus allen möglichen Boxen und erzeugte ein Klangbild, das in den Ohren schmerzte, die Menschen aber nicht zu stören schien.

Ja, aber genau da, am engsten Punkt, an dem die Menschen sich zwischen Bierbuden und Zelten durchzwängten, um von der einen auf die andere Seite des Stadtfestes zu kommen, war sie aus dem sich vermischenden Menschenkörperbrei aufgestiegen und hatte sich ihm kurz gezeigt.

Er hatte sie sofort erkannt.

Es kam ihm so vor, als hätte jemand seinen Kopf genommen und genau in die Richtung gedreht, damit er sie sehen konnte.

Und wie sie ausgesehen hatte – ganz fraulich, so weiblich, wie er sie noch nie im Leben gesehen hatte. Ihr Lächeln war ..., ja, es war niedlich gewesen. Besonders deswegen, weil sie gerade versuchte, sich mit ihrer Freundin zu unterhalten, die hinter ihr ging und niemals im Leben auch nur ein Wort von dem verstehen konnte, was Katharina sagte.

Sie hat mich nicht gesehen, hatte er gedacht, während er seine trägen Schritte langsam wieder beschleunigte und sich Richtung S-Bahnhof bewegte. *Gar nicht nach mir geguckt. Aber warum auch? Sie weiß bestimmt nicht mehr, wer ich bin.*

Das war der Gedanke gewesen, der ihn traurig werden ließ. Ein Gedanke, der ihn mit so viel Wehmut und Hoffnungslosigkeit erfüllt hatte, dass er ganz betroffen weitergegangen war.

Aber ich habe dich gesehen, hatte er zu sich selbst gesagt und begonnen, wieder zu lächeln, *und das ist doch auch schon mal was. Ich habe dich gesehen und finde, dass du schön aussiehst – so wie immer. Ich kann meinen Kopf verstehen, warum er dich nicht aus sich herauslässt.*

Und so dachte er noch einmal an das Stadtfest zurück. Ja, es war schön gewesen, sie da noch einmal zu sehen. Besonders deswegen, weil es wirklich so schien, als erscheine sie nur für ihn. Als tauchte sie mit dem Kopf aus dem Meer auf, um ihn anzulächeln. Ob sie es wusste oder nicht, das spielte gar keine Rolle mehr. Sie hatte es bewusst oder unbewusst getan, um die Erinnerung an sich selbst nicht verblassen zu lassen. Denn es war genau die Zeit gewesen, in der er gar nicht mehr an sie gedacht hatte. Eine Zeit, die mit so vielen Veränderungen und Erneuerungen behaftet gewesen war, dass die Gedanken an das Mädchen, in das er einst so vernarrt war, gar keinen Platz mehr hatten.

Und was für einen Platz sie hatte.

So groß und präsent, dass man meinen könnte, sie wäre ein übergroßes Portrait, für das nur der Rahmen fehlte.

Gordon seufzte und lächelte zugleich, als er weiterging.

Sie war da ...

Immer.

Egal, was er auch versuchte, sie ließ ihn einfach nicht los.

*

»Katharina Paulsen hat Ihre Freundschaftsanfrage akzeptiert.«

»Hä?«, machte Gordon erst, nachdem der PC hochgefahren war und er die E-Mails abzurufen begann.

Er blinzelte, las die Benachrichtigung noch einmal und erinnerte sich dann verschwommen daran, was er vor zwei oder drei Wochen getan hatte.

Da bist du mir doch wirklich wieder entwischt, dachte er und lächelte, als er die Betreffzeile im E-Mail-Fach noch einmal las. *Du hast echt seltsame Angewohnheiten, das muss ich dir mal in aller Deutlichkeit sagen, Katharina-Linda Paulsen. Du kannst doch nicht immer mir nichts dir nichts verschwinden und* dann wieder auftauchen. *Ach, und eine Nachricht hast du mir auch geschrieben,* redete er in Gedanken mit sich und war ganz nervös, als er auf den Link klickte, der ihn direkt zur Nachricht brachte.

Die Nervosität verschwand ebenso schnell wie die in ihm aufsteigende Hoffnung, eine Nachricht zu lesen, die ihn aus den Socken gehauen hätte. Aber mehr als ein: »Hey du, schön, von dir zu hören. Hoffe, es geht dir gut. Katharina« bekam er nicht zu lesen.

Hey du ...

Was hätte sie auch anderes schreiben sollen?

Wow, toll, ich habe so lange gehofft, dass du mich hier findest und wir endlich wieder schreiben können?

Blödsinn. Natürlich war das eine einfache, distanzierte und neutral gehaltene Nachricht. Was hätte sie, zum Teufel auch, anderes schreiben sollen?

Ihr beide habt euch jahrelang nicht mehr gesehen. Wisst von dem anderen nichts. Rein gar nichts. Und jetzt kommst du mit hohen Erwartungen und hoffst, dass sie ebenso ein Träumer ist wie du. Sie kennt dich nicht einmal. Dummkopf. Ihr wart mal zusammen in der Schule, mehr nicht. Schule! Hallo! Ihr wart in der Grundschule vernarrt ineinander. Na und? Wer war das nicht? Und dann gab es da 'ne Chance, die du Trottel dir hast entgehen lassen. Und jetzt, so viele Jahre später, hoffst du auf eine Nachricht, in der sie dir sagt, wie sehr sie auf dich und auf niemand anderen gewartet hat? Hörst du dir da eigentlich selber mal zu? Das ist Affentheater ... und Kuhscheiße dazu.

»Ja, ja«, sagte er zu sich selber und winkte in Gedanken ab.

Seine innere Stimme hatte ja recht.

Er brauchte sich wirklich nichts vorzumachen. Sie kannten sich nicht einmal mehr. Vom Namen nach. Waren nicht mehr als ein dunstiges Bild der Vergangenheit, schemenhaft und wabernd, ähnlich wie Nebel, über einem im Morgen liegenden See.

Trotzdem aber blieb da ein bitterer Nachgeschmack in seinem Hinterkopf.

Schön, von dir zu hören.

Freute sie sich vielleicht doch? Hatte sie sich nur nicht getraut, mehr zu schreiben? Weil sie viel mehr als Belästigung empfunden hätte?

Du spielst verrückt, sagte er sich selber und las weiter. *Ich hoffe, es geht dir gut, Katharina.*

Ja, das geht es. Sehr gut sogar. Meine Lütte ist jetzt schon fast ein Jahr alt. Wir wollen demnächst das erste Mal in den Urlaub mit ihr fliegen. Mal etwas entspannen. Beine in die Sonne halten und so. Die Kleine ist wirklich süß. Hat zum Glück viel vom Aussehen ihrer Mutter. Okay, von mir was zu haben, wäre auch nicht schlecht. Schließlich habe ich dichtes, schwarzes Haar und gaaanz tiefbraune Augen. Und ein Gesicht ..., ja, mit dem Gesicht kann ich ganz zufrieden sein.

Gordon merkte schon wieder, dass er in seinen Gedanken abzugleiten begann. Deswegen versuchte er, sich erst einmal auf etwas anderes zu konzentrieren. Auf andere Nachrichten und Projekte. Schließlich wollte er noch seine Miniserie drehen und dazu musste er noch einiges tun – Dialogbücher schreiben zum Beispiel. Oder sich mal an geeigneten Stätten umsehen, wo man überhaupt drehen konnte.

Und da kam ihm dann der Zufall zu Hilfe.

Irgendwann an einem Abend, Sabrina war mit der Lütten unterwegs, sah er, dass Katharina im Chat war. Zuerst überlegte er, dass er das ignorieren sollte – schließlich hatten sie nicht viel miteinander zu tun. Und was sollte er sie schon fragen oder von ihr wissen wollen?

Dann aber, als er gerade die Seite verlassen wollte, klickte er doch auf ihren Button und schrieb sie an.

»Hi!«

Er wartete. Er tat nichts. Nur auf das blöde Chatfenster starren und warten, dass sie antwortete. Als er bestimmt drei Minuten gestarrt hatte, winkte er selber ab und entschloss sich dazu, den ganzen Blödsinn endlich hinter sich zu lassen.

Schließlich hatte er sie beim Spielplatz auf der Grundschule sitzen lassen und nicht den Mut gefunden, sie anzurufen.

Warum sollte er jetzt mutiger sein und eine Unterhaltung mit ihr vom Zaun brechen können?

Sie war bestimmt auch mit anderen, mit besseren Dingen beschäftigt, als sich mit Gordon Heller zu unterhalten, der seit Monaten an nichts anderes mehr denken konnte als an sie.

In dem Moment, als er sich gerade dazu entschlossen hatte, die Seite zu wechseln, um nach geeigneten Filmmotiven zu recherchieren, gab es aus seinen Lautsprecherboxen ein lautes, durchdringendes »Bing«.

»Na du!«, kam es zurück.

Mehr nicht. Ein einfaches, schäbiges: *Na du!*

»Wie geht es dir?«, tippte er mit zitternden Fingern ein und hoffte, dass er nicht zu aufdringlich war.

»Gut«, schrieb sie diesmal zu seiner Erleichterung zügig zurück. »Und dir? Was machst du so? Habe gehört, dass du Papa geworden bist.«

Sie hatte von ihm gehört. Hatte sich aktiv und ohne Umschweife für ihn interessiert und sogar Informationen eingezogen.

Gordons Herz klopfte ihm plötzlich bis zum Hals.

»Ne ganz Niedliche. So was Süßes hast du noch nie gesehen«, schrieb er ihr zurück und schickte dann gleich eine weitere Frage hinterher, damit der Chatkontakt nicht sofort wieder einschlief. »Und wie ist es bei dir? Auch schon Kinder?«

Das »Auch schon Kinder?« löschte er aber wieder, um ihr nicht zeigen zu müssen, dass er gar nichts über sie wusste. Deswegen tippte er:

»Was machst du so? Lebst du noch in der Stadt?«

»Bin wieder da«, gab sie zur Antwort und schrieb dann kurz darauf: »Hab außerhalb studiert. Und was machst du so?«

»Nichts Aufregendes. Arbeiten, ab und zu versuche ich Kurzfilme zu produzieren und das war es auch schon. Spiele schon lange keinen Fußball mehr.«

»Das mit den Kurzfilmen habe ich gelesen. Klingt spannend.«

»Macht Spaß.«

Und dann schlief die Unterhaltung auch schon wieder ein. Es war, als ob sich zwei Menschen gegenüber saßen, sich anstarrten und beschämt feststellen mussten, dass sie sich gar nichts mehr zu erzählten hatten, obwohl die Unterhaltung so hoffnungsvoll begonnen hatte.

»War schön, mal wieder was von dir gehört zu haben«, versuchte er die ins Stocken geratene Unterhaltung wieder in Gang zu bringen.

Von ihr kam jedoch nichts mehr.

Alles blieb still.

Schade, dachte er, während er auf das Chatfenster schaute und immer wieder hoffte, dass es sich mit einem »Bing« öffnete und Katharina-Linda Paulsen ihm irgendetwas schrieb. Eine kleine, völlig unwichtige Banalität, damit er wieder einen Grund hatte, ihr irgendetwas zu schreiben.

Das alles blieb aber aus.

Er saß dann noch da, irgendwie erfreut, andererseits betrübt. Schließlich hatten sie miteinander geschrieben. Sich kurz ausgetauscht. Das war mehr, als sie in den letzten Jahren miteinander kommuniziert hatten.

Besser als nichts, versuchte er, sich die Enttäuschung nicht anmerken zu lassen. Er fragte sich dann im nächsten Augenblick, ob er nicht doch zu feige gewesen war. Schließlich hätte er einen ganzen Wust an Fragen formulieren können. Einen Wust an Fragen, dem sie niemals im Leben hätte ausweichen können. Außerdem hatte er sich nicht einmal danach erkundigt, was sie denn überhaupt studierte.

Er war eigentlich genauso schlau wie vorher.

Nur mit der Gewissheit, dass er einmal mit ihr gechattet hatte.

Und dann ...

... hatte das Leben ihn wieder voll im Griff.

*

»Ich will noch kurz Gyros kaufen«, sagte Gordon zu Sabrina, die damit beschäftigt war, die Lütte in den Kindersitz im Auto zu setzen. »Hab auf Salat und Toastbrot keine Lust.«

»Äh, okay«, meinte Sabrina und schaute gar nicht auf. »Bringst du dann auch noch 'ne Cola mit?«

»Klar«, erwiderte Gordon und war dann schon wieder im Supermarkt verschwunden.

Ein Supermarkt, den er so eigentlich gar nicht kannte. Warum Sabrina und er überhaupt hierher gekommen waren, ließ ihn noch immer verwundert den Kopf schütteln. Sie lebten zwar seit Jahren hier im Stadtteil, aber ihre Läden waren immer andere gewesen.

Trotzdem aber waren sie heute, genau an diesem Tag, hierher gefahren, um ihren Wocheneinkauf hinter sich zu bringen. Eine Quälerei, wie Gordon immer fand, weil er nichts mehr hasste, als systematisch und rastergleich die Woche durchzuplanen, was sie essen und trinken wollten.

Deswegen brach er auch immer wieder aus dem Rhythmus aus, den Sabrina und er sich selbst auferlegt hatten.

Deswegen lief er los, um sich noch Pfannengyros zu kaufen. Er war so spontan. Niemand hatte Kontrolle über ihn.

Und das, was ihn am meisten verwirrte, war, als er an die Kasse ging, um die Waren aufs Fließband zu legen, dass er *sie* plötzlich sah. Ganz dicht. Nur drei Leute standen vor ihm. Beim ersten Mal, als er kurz den Blick hob, um sich gelangweilt umzusehen, hatte er noch geglaubt, sich getäuscht zu haben.

Als er jedoch bewusst den Kopf hob und an der kleinen, russischstämmigen Frau vorbei zu dem cool ein Kaugummi kauenden Jugendlichen schaute, der mit seiner Masse die müde wirkende, junge Frau fast verdeckte, die hinter *ihr* stand, begriff Gordon, dass er endlich die Chance bekam, nach der er sich so sehr sehnte.

Er erkannte sie sofort. Er sah die graue Wollmütze, den grauen Mantel und das feingeschnittene, hübsche Gesicht. Sie drehte den Kopf, nicht zu ihm, sondern zu der kleinen, rothaarigen Frau, die er damals immer Pumukel genannt hatte.

Sie lachten über irgendetwas und wirkten dabei gelöst und locker.

Hi, wollte er gerade sagen, als die Kassiererin Katharina sagte, was sie für den Einkauf bekam.

Hallo, war die nächste Möglichkeit, um auf sich aufmerksam zu machen – aber auch das sagte er nicht, weil er, dummerweise, die Unterhaltung der beiden Freundinnen nicht stören wollte.

Als er dabei war, bezahlen zu müssen, stellte er überrascht fest, dass Katharina und ihre Freundin den Laden noch gar nicht verlassen hatten. Die eben noch gefühlte Enttäuschung war wie weggeblasen. Ja, es gab hier wirklich jemanden, der wollte, dass er sie ansprechen konnte.

Dass er endlich mit ihr ins Gespräch kam, um erfahren zu können, wer sie wirklich war.

Dass er endlich Ruhe finden konnte, um sich auf das Leben konzentrieren zu können, das er doch eigentlich führen wollte.

Aber genau in dem Moment, wo er Katharina irgendetwas lachend sagen hörte, während sie eine buntbestickte Umhängetasche über die Schulter zog, verließ ihn der Mut. Der Mut, den er sich immer so sehr gewünscht hätte.

Nur ein einfaches: »Was machst du denn hier?« oder ein ordinäres, verschissenes: »Hey« wäre eisbrechend gewesen.

Dann aber zuckte er zurück.

Er wollte gar nicht mehr mit ihr reden.

Wollte gar nicht wissen, was sie zu sagen hatte.

Warum?

Er begriff es erst, als er im Auto neben seiner Frau saß.

Da flüsterte er sich in Gedanken selber zu: *Du hattest Angst vor einer Reaktion von ihr. Vor einer Regung in ihrem Gesicht, dass sie vielleicht gar nichts mit dir zu tun haben wollte. Dass sie mit dem Typen nicht reden wollte, der ihr im Internet Freundschaftsanfragen sendete und sie unwichtige Dinge fragte. Der Typ, der nicht einmal den Mumm gehabt hatte, sie auf dem Spielplatz auf der Grundschule zu treffen oder beim Schwimmen zu sagen, wie sehr er sie mochte.*

Ja, du hast Angst vor ihrer Reaktion gehabt.

Angst vor einer Zurückweisung.

War das denn schwer zu verstehen?

Die Frau, die ihn seit Jahren nicht in Ruhe ließ, könnte vielleicht gar nicht an seiner Gesellschaft interessiert sein ...

... was wäre dann mit ihm und seinen Gedanken?

*

Wie viele Tage – oder waren es Wochen? – vergangen waren, nachdem er Katharina-Linda Paulsen gesehen hatte, wusste Gordon nicht mehr genau zu sagen. Dass sie eine gute Woche so präsent bei ihm war, dass er kaum noch an etwas anderes denken konnte, lag auf der Hand. Dass er sich aber nicht die Mühe machte, sie anzuschreiben und zu fragen, wie es ihr ging oder ob sie wieder im gleichen Stadtteil lebte, schaffte er nicht. Es gab plötzlich so viel anderes zu tun. Seine Filmprojekte mussten vorangetrieben werden, seine kleine Familie sollte wachsen und beruflich hatte er gerade angefangen, sich zu verändern.

Und so verblasste Katharina wieder ...

Katharina-Linda Pausen, verbesserte er sich erneut in Gedanken, als er in einem Café saß. Ein Café, in das er sich gerne zurückzog, wenn er mal Zeit hatte, um sich über Ideen und Charaktere Gedanken zu machen. Und heute, wo er nur einen halben Tag gearbeitet hatte, war er in eben genau dieses

Café eingekehrt. Ein ruhiger, kleiner Laden, in dem irgendwie nie jemand saß – außer ihm. Ein Laden, der an einer Straßenecke zu finden war, die dem Stadtteilschloss genau gegenüberlag.

Jetzt, wo er dasaß, das Notebook vor sich, im Kopf unzählige Gedanken über Figuren und Plotabläufe, kehrte sie mal wieder zu ihm zurück.

Katharina-Linda Paulsen schoss in seine Gedanken, wie ein Blitz aus einer Gewitterwolke.

Warum?

Was will sie wieder bei mir?, fragte er sich ehrlich und schaute aus dem kleinen, bedruckten Fenster hinaus auf die vor ihm liegende Straße, die den Schlosspark vom Rest des Stadtteils trennte. *Hat sie auch an mich gedacht? Ist sie deswegen bei mir? Weil sie ebenfalls an mich denken muss und sich fragt, was ich wohl mache, aber mit den gleichen Problemen wie ich zu kämpfen hat? Hat sie Zweifel, ob ich mich überhaupt noch mit ihr beschäftigte – beschäftigen möchte? Oder nagen Zweifel in ihr, dass es damals vielleicht nicht so gut gewesen war, ihm den Laufpass zu geben?*

Gordon, ermahnte er sich, *das ist der bescheuertste Gedanke, der dir jemals im Leben gekommen ist. Was fällt dir eigentlich ein, überhaupt so etwas zu denken? Hast du denn vergessen, was du zuhause hast? Dass es da eine Frau gibt, die dich liebt, eine Tochter, bei der dir das Herz aufgeht, wenn du durch die Tür trittst und sie im Wohnzimmer auf dem Fußboden sitzen siehst?*

Ja, ja, winkte er ab und begrüßte den Gedanken doch, der zu ihm zurückgekommen war. Erstens, weil er sich gerade wieder an eine Szene von früher erinnerte und jetzt auch begriff, warum er sich immer als Katharina-Linda Paulsens Beschützer gesehen hatte, und weil er sich endlich vornehmen wollte, sich bei ihr zu melden.

Nur einmal ...

Einmal wiedersehen.

Nicht so zufällig, wie beim Einkaufen.

Nein, er musste ihr von Angesicht zu Angesicht gegenüberstehen. Sie dabei sehen, wenn er ihr was erzählte, sie beobachten, wenn sie etwas von sich preisgab.

Ja, irgendwie einmal mit ihr zusammen sein, um die Gespenster der Vergangenheit austreiben zu können.

Gespenster, die zu ihm zurückkehrten, als er an das kleine Waldstück dachte, an dem er vorhin vorbeigeschlendert war.

Er verbesserte sich: *Ein Waldstück, von dem du gedacht hast, dass es noch da war.*

Aber als er den ausgetretenen Wanderweg entlanggeschlendert war, seine Vergangenheit an ihm vorbeizog, langsam und behäbig, als würde er einen in Zeitlupe abgespielten Film sehen, hatte er sich wiedergesehen. Sich und

22

seine Freunde – wie sie zusammen an den Webereiteichen fangen und verstecken spielten. Und wie Marco plötzlich die Idee bekam, man könnte in dem von nassen Pfützen und tiefen Schlammlöchern übersäten Waldstück, in dem die Webereiteiche lagen, doch wunderbar ein Räuberversteck einrichten. Ein Versteck, wo sie immer hinkommen konnten, wenn sie wollten. Um sich verstecken zu können, wenn sie mal wieder einen Raubzug unternommen hatten – was soviel hieß wie: wenn sie wieder einmal Lollis und Bonbons beim kleinen Sparladen, der dem Marktplatz gegenüber lag, geklaut hatten. Aber noch etwas anderes hatte sie dazu getrieben, sich das kleine Räubernest einzurichten.

Die Möglichkeit, über Probleme und Sehnsüchte zu sprechen.

Erst war alles sehr verhalten gewesen, keiner hatte wirklich was gesagt. Der Aufbau, mit alten Brettern, irgendwo gefundenen Paletten und wahllos durcheinander geworfenen Ästen und Strauchwerk, hatte sie damals alle zwar mit Vorfreude, aber nicht mit Redseligkeit beglückt. Die kam erst, als sie sich nach der Schule an ihrem geheimen Ort trafen. Ihre Schulranzen hatten sie auf einen Stapel zusammengeworfen, sich auf die Paletten gesetzt und sich Geschichten erzählt. Jeder mit einer anderen, einer noch größeren Heldentat als der Redner zuvor.

Plötzlich, irgendwie ungewollt, erzählte Marco davon, dass sein Vater wieder einmal betrunken im Auto eingeschlafen war, nachdem man ihn von der Arbeit abgeholt hatte. Tief und fest hatte er geschlafen, ohne dass er gemerkt hatte, dass seine beiden Jungs und seine Frau aus dem Wagen gestiegen und nach oben, in die Mietwohnung gegangen waren.

Marco meinte, dass er noch niemals im Leben so viel Prügel bekommen hatte.

Prügel?

Natürlich fragten sie ihn, warum er so verhauen worden war. Seine lapidare Antwort war:

»Weil ich ihn nicht geweckt habe. Er kam sich bescheuert vor, als er aufwachte und niemand da war.«

Gordon hatte bei der Erzählung den Blick gesenkt gehabt. Er hatte es kaum gewagt, in das rundliche Gesicht seines damals besten Freundes zu schauen. Denn er wusste, von zahlreichen ungewollten Lärmbelästigungen, was oft in der Wohnung von Marco abging. Blöderweise, damals hatten die Kinder es eher als Glück gesehen, hatte Marco genau über ihm gewohnt. Und so hatte die Stimme seines Vaters oft betrunken und vor Zorn bebend auch seinen Weg in Gordons Kinderzimmer gefunden.

Aber es war genau die Geschichte, die es Gordon ermöglichte, allen anderen den Schwur abzuringen, niemals über das zu reden, was sie sich hier im Räuberversteck erzählten. Von der Tatsache, dass sie jetzt ein Geheimnis für sich behalten sollten, hatten die Gesichter der Jungs rot vor Aufregung geglüht. Ja, ihre Wangen waren vor Spannung ganz rot geworden und ihre Nasenspitz blass. Jeder war unruhig auf seinem Platz hin und her gerutscht. Jeder nickte eifrig und schwor Gordon, dass sie niemals, wirklich nie, jemandem irgendetwas sagen würden, was hier besprochen wurde.

Und so erzählte Gordon dann von Katarina-Linda Paulsen. Dass er sie mochte und dass er es schade fand, dass sie sich nicht mehr sahen, geschweige denn, nicht mehr so vertraut miteinander waren. Okay, er benutzte bestimmt keine Worte wie ›vertraut miteinander‹ oder ›schade fand, dass sie sich nicht mehr sahen‹, aber im Großen und Ganzen sagte er genau das und fing sich erst einige freche Grinser, dann aber freundschaftliche Worte ein.

Das Grinsen derer, die nicht genau wussten, was er überhaupt zu sagen hatte, wischte Gordon mit einer drohenden Geste weg. Er war immer der Stärkste, der Anführer, wenn man so wollte. Und wenn er sich was in den Kopf setzte, dann machten die anderen das auch.

Aus genau dem Grund, weil er der Anführer war, war sein Gerede über Katarina-Linda Paulsen seine Angriffsfläche. Jeder der Jungen wollte der Anführer sein. Jeder wollte was zu sagen haben, und wenn sie es nicht über Muskelkraft schafften, dann eben darüber, dass sie Intrigen sponnen.

Ralf, der Junge, der immer am meisten an Gordons Position in der Gruppe gerüttelt hatte, war es dann, der einmal sagte:

»In der Kiste da, da habe ich was versteckt.«

Gordon, von kindlicher Neugier getrieben, hatte natürlich gleich gefragt:

»Was denn?«

Das freche Grinsen war Gordon bis heute nicht aus dem Sinn gegangen. Obwohl er lange nicht mehr darüber nachgedacht oder, besser gesagt, daran gedacht hatte, war es ihm auf dem Spazierweg wieder eingefallen.

Ja, Ralf hatte ihn frech und überheblich angegrinst. Hatte auf die von ihm mitgebrachte Kiste gezeigt und so unverschämt gegrinst, dass Gordon damals schon gespürt hatte, dass Ralf irgendetwas im Schilde führte.

»Was?«, hatte er noch einmal gefragt und wieder nur ein breites Grinsen als Antwort bekommen. »Sag mir, was da drin ist, oder ich verprügle dich!«

Bei dieser Drohung war Ralf zusammengezuckt. Beide hatten sich schon mehr als einmal in den Haaren gelegen und jedes Mal, egal ob Rauferei oder Prügelei, hatte er den Kürzeren gezogen.

Trotzdem aber, obwohl er wusste, dass er Schläge kassieren konnte, sagte er, nachdem er sich vor die Kiste gestellt hatte:

»Katharina!«

Zuerst hatte Gordon geglaubt, sich verhört zu haben. Dann aber wiederholte Ralf, was er eben gesagt hatte:

»Da ist Katharina drin.«

»Ist sie nicht!«

»Doch, ist sie!«

»Zeig sie mir!«

»Schau doch rein!«

»Sie ist da nicht *drin*!«

Gordon spürte noch heute die unzähmbare Wut, die in ihm gelodert hatte, als er sich mit Ralf stritt, ob Katharina in der Kiste war oder nicht.

Natürlich war ihm heute klar, dass der daraus folgende Streit völlig unsinnig war.

Wie hatte Katharina-Linda Paulsen auch in die kleine Kiste passen sollen, in der vielleicht zwanzig Hörspielkassetten ihren Platz fanden? Aber der offensichtliche Angriff auf Katharina und ihn war so heikel gewesen, dass er nicht anders konnte, als *sie* zu verteidigen.

Er *musste* um sie kämpfen.

Er hatte gar keine andere Wahl gehabt.

Und so hatte Ralf – mal wieder – eine Abreibung kassiert, die ihn noch eine Woche später zeichnete. Das blaue Auge war so zugeschwollen, dass man zwischenzeitlich geglaubt hatte, er hätte seinem Freund den Rand der Augenhöhle gebrochen – ganz zu schweigen von der schiefen Nase, die so sehr geblutet hatte, dass das geplatzte Äderchen verödet werden musste.

Aber alle Schimpfe, alle Anfeindungen hatte er mit Stolz ertragen. Ja, sogar den halbherzig ausgesprochenen Hausarrest seiner Mutter hatte er wie ein ins Exil geschickter Staatsmann ertragen.

Schließlich hatte er genügend Musik gehabt, in die er sich vertiefen konnte – ganz zu schweigen von den vielen Hörspielen, die in seinem Kinderzimmer herumgeflogen waren.

Was war ich stolz auf mich, sinnierte er, während er das Notebook zuklappte und schmunzelnd aus dem Fenster hinüber zum Schlosspark schaute, *und wie stolz ich heute noch darauf bin. Ja, ich habe sie verteidigt, wie man den Menschen verteidigt, der einem das Herz im Sturm erobert hat.*

Gordon seufzte, als er an die zurückliegenden Jahre dachte, in der Katharina-Linda Paulsen ihm immer wieder begegnete und sie ihn in Verzückung versetzte. Und jetzt, wo so viele Jahre vergangen waren, glorifizierte er sie noch immer.

Die erste Liebe, dachte er, *bleibt, während andere Lieben gehen.*

Hmmm, nicht schlecht, nickte er sich wieder selber zu, *vielleicht solltest du das mal eine deiner Figuren sagen lassen – in einem andächtigen, anrührenden Moment, um die Stimmung so einzufangen, dass der Zuschauer genau weiß, wie es in meinem Helden aussieht.*

Wie es in mir aussieht, sagte ein Gedanke zu ihm, der ihn erschreckte und gleichzeitig zufriedenstellte.

Denn anders war es ja nicht.

Und endlich, nach so langer Zeit, hatte er einen Anhaltspunkt gefunden, an dem er sich langziehen konnte, um zu begreifen, was mit ihm geschehen war.

Wie sieht es in mir aus?, wollte er wissen und tauchte so tief in sich, wie er seit dem Tag, als er Katharina-Linda Paulsen bis aufs Blut verteidigt hatte, nie wieder in sich hineingefühlt hatte.

Wie sieht es in mir aus?

*

Soziale Netzwerke waren dadurch angenehm, weil sie einen auf so einfache und sorgenfreie Weise darüber informierten, was andere Leute taten und dachten. Als er an einem Wochenende, der Sommer hatte gerade begonnen, vor dem PC saß, weil er alleine war, war *sie* plötzlich wieder da. Es war nichts weiter als ein gepostetes Foto, das Katharina-Linda Paulsen zeigte, wie sie mit einer Freundin zusammen auf einer Düne saß, halb verdeckt von hochwachsendem Schilf. Ein Foto, wohl ein Schnappschuss, der Gordon aber wieder mit einem Gefühl der Heiter- und Fröhlichkeit erfüllte.

Er saß wie verzaubert vor dem Foto und betrachtete unentwegt die weichen, zarten Konturen ihres Gesichts.

Sie sieht aus wie früher, dachte er und beugte sich vor, um das angenehme Lächeln in sich aufzunehmen. Er saugte jede Einzelheit ihres Gesichts in sich auf und mochte gar nicht aufhören, auf den PC zu starren.

Es war ein so wohliges, ein so vertrautes Gefühl, das in ihm emporstieg, dass er sich wieder an die Schulzeit erinnert fühlte. Ja, sie war noch immer genauso zart, so zerbrechlich, dass man sie beschützen musste.

Und es war das Bild, das er sah, das ihn dazu brachte, einen Kommentar unter ihr Foto zu schreiben.

»Nett«, schrieb er darunter und war ganz nervös, als er zum Posten auf den Button drückte.

Als keine zehn Minuten später ein: »Nett war meine Lehrerin auch« zurückgeschrieben wurde, musste er über seinen Kommentar schmunzeln.

Natürlich war es einfach gewesen, was er geschrieben hatte. Es sagte nichts aus – nur dass er eben irgendetwas, irgendjemanden nett fand.

Nett weswegen?

Aus einem Impuls heraus tippte er:

»Kann ja nicht schreiben: Was für eine heiße Schnitte.«

Als er das abschickte, noch einmal auf das Bild schaute, sich bewusst wurde, was er da gerade geschrieben hatte, löschte er den Eintrag wieder und nahm mit Schrecken wahr, dass Katharina sein Posting trotzdem schon gelesen hatte.

»Danke«, schrieb sie ihm zurück.

Dann herrschte wieder Schweigen.

Ein unangenehmes, ihm zusetzendes Schweigen, das ihn erst ermutigen wollte, den Chat zu eröffnen und sie anzuschreiben. Aber – wie immer –, wenn er mal die Chance hatte, sie anzuschreiben, blieb sein Mut auf der Strecke und ließ ihn allein.

Oder?

Fand er doch noch irgendwo ein Körnchen Wagemut, das er in die Schale werfen konnte, um sie zu fragen, wie es ihr ging?

War da was?

Irgendwo?

Brauchte sie nicht vielleicht doch noch einen Beschützer, der seine Klassenkameraden zum Doktor prügeln konnte? Der einen anderen Verehrer gedanklich so sehr beleidigen konnte, dass er sich imaginär selber auf die Zunge beißen musste?

Irgendetwas?

»Na, wie geht es dir?«, ploppte plötzlich der Chat auf und ließ ihn verwundert aufschauen.

Schrieb sie ihn wirklich an?

Sie?

Katharina-Linda Paulsen?

Gordon lächelte, als er ihr gleich antwortete und schrieb:

»Gut, und selber?«

»Auch gut.«

»Was machst du so?«, wollte er wissen.

»Vor dem PC sitzen und chatten«, gab sie zur Antwort, die er so frech und leicht empfand, dass er glaubte, sie leibhaftig vor sich sitzen zu sehen.

Wie sie ihn anschaute, aus ihren blauen, funkelnden Augen, und ihm ein Lächeln schenkte, das all ihre weichgeformten Züge so sehr zur Geltung brachten, dass er glaubte, in ihr versinken zu können.

»Wie ich«, gab er zurück.

»Haben wir ja was gemeinsam.«

»Cool!«

Dann schrieb sie erst einmal nichts mehr. Ja, es war, als wäre ein Band durchschnitten worden, das sie lose verbunden hatte.

Schade, dachte er und überlegte fieberhaft, wie er sie wieder in ein Gespräch verwickeln konnte. Es war doch so einfach und gelöst gewesen, wie sie miteinander geschrieben hatten.

Einfach und gelöst?, fragte er sich selber, als er über seine, durch sein wie im Fieber liegendes Gehirn rauschenden Überlegungen nachdachte. *Das waren nicht mehr als Floskeln, die wir ausgetauscht haben. Höflichkeiten, weil du ihr* eine offene und ehrliche Bemerkung unter ein gepostetes Bild geschrieben hast. Ein Posting, mein lieber Freund, das du aus Feigheit gleich wieder gelöscht hattest. Und jetzt glaubst du wirklich, dass ihr eine einfache und schöne Unterhaltung miteinander geführt habt? Ein 08/15-Chatgespräch, das dich glauben lässt, ihr würdet eine richtige und echte Konversation führen? Alter, reiß dich zusammen und siniere mal über das nach, was du hier eben gedacht hast.

Er winkte ab. Seine Gedanken hatten ja recht und es war egal, was er machte oder was er tat. Die Unterhaltung war tot und sie blieb es.

Was hatten sie sich auch schon zu schreiben?

Sie hatten sich in der Wirklichkeit ja bereits nichts mehr zu erzählen.

»Malst du eigentlich noch?«, fragte er sie schließlich, nachdem er mehrere Minuten still vor dem PC gesessen hatte.

Würde sie antworten?

»Schon lange nicht mehr«, gab sie zurück, ganz so, als hätte sie nur darauf gewartet, dass er ihr schreiben würde. »Spielst du noch Fußball?«

»Nö, hab zu krumme Beine ☺ «

Wie sollte er die Unterhaltung am Leben halten? Was konnte er noch machen? An was konnte er sich erinnern, was Katharina-Linda Paulsen früher einmal gemacht hatte?

Schwamm sie noch? Konnte er das fragen? Wirke das nicht langsam zu neugierig?

Man findet es nur heraus, wenn man es ausprobiert, zitierte er geistig seinen alten Chemielehrer und tippte die Frage ein.

Diesmal dauerte es länger, bis sie antwortete.

War er doch zu neugierig gewesen? Hatte er zu viel gefragt? Drang er in einen Bereich ein, der ihn gar nichts anging?

Beruhig dich mal, du Dummschwätzer, meldete sich sein in dauernder Arbeit befindliches Gehirn. *Vielleicht chattet sie noch mit anderen Leuten und antwortet denen gerade. Oder sie surft durchs Netz und liest gerade einen Artikel. Oder stell dir mal das vor, du Hampelmann: Sie geht zur Toilette, weil sie mal musste. Oder, warte, da fällt mir noch was ein: Sie hat kein Getränk am PC stehen, hat Durst bekommen und holt sich jetzt was zu trinken. Boah ... Was zu trinken. Weltuntergang, was?*

Von diesen Gedanken bloßgestellt, lehnte er sich in seinem Stuhl zurück und schüttelte über sich selber den Kopf. Natürlich war es völliger Blödsinn, wie er sich verhielt, was er dachte oder sagte. Aber in dem Moment, genau in dem Augenblick, als seine panischen Gedanken ansprangen, konnte er nicht anders fühlen. Er musste so denken.

Wieder seufzte er und dachte: *Es ist doch nur ein einfacher Chat. Mehr nicht. Nur ein Chat, in dem du mit einer alten Klassenkameradin schreibst. Mehr nicht. Was ist das schon? Nichts. Eine nette Unterhaltung unter alten Freunden, die sich aus den Augen verloren haben. Mehr nicht. Und genau deswegen kann man ruhig und sachlich bleiben. Keine Hektik, keine Angst – Panik ist völlig fehl am Platz. Mehr nicht ...*

Er hatte sich gerade selbst beruhigt, sich an seine kleine Familie erinnert, an seine Arbeit, sein Hobby, als das laute, klingende Geräusch wieder ertönte, das ihm sagte, dass ihm jemand im Chat eine Nachricht geschrieben hatte.

»Schwimmen nicht mehr, dafür aber segle ich sehr gerne.«

»Segeln?«, fragte er und erinnerte sich im gleichen Augenblick, wie er damals, in der Schule, gesegelt war.

Na ja, er war viermal auf den See hinausgeschippert, hatte gelernt, wie man das Ruder an einer kleinen Jolle bediente oder das Segel hochzog. Er wusste heute nicht einmal mehr, wie die Stange hieß, an der das Segel befestigt war. Nur den Mast, ja, an den konnte er sich erinnern.

Vor allem konnte er sich an den Tag erinnern, als er mit Marko und einem Mädchen – Sandra, glaubte er sich zu erinnern – gekentert war. Ja, es war genau solch ein Moment, der dokumentierte, wie übermütige Jugendliche genau das taten, was der Lehrer immer verboten hatte. Mitten auf den See hinauszufahren, das Ruder herumzureißen, während der Wind in das straffgezogene Segel fuhr.

»Die Jolle bekommt ihr so nicht gehalten«, hatte sein Lehrer damals gemahnt und genauso war es gekommen.

Gordon hatte für Marko das im Boot sitzende Mädchen beeindrucken wollen. Marko hatte das Kommando am Segel übernommen – den Platz, den Gordon immer innegehabt hatte. Marko aber hatte den Platz gleich eingenommen, weil Sandra mit zu ihnen in die Jolle stieg. Und so hatte Marko das eine oder andere Kommando gegeben, und Gordon – ganz Freund – hatte alles befolgt, was sein Freund sagte.

In dem Moment jedoch, als der Wind auffrischte, hätte Gordon eher auf seine Intuition hören sollen.

Das Segel war zu sehr gespannt gewesen. Die Jolle zu schnell. Und das Kommando, zurück zum Steg zu fahren, konnte nur in die Katastrophe führen. Schließlich hatten sie den Steg gerade passiert.

»Sandra will raus«, hatte Marko noch nachgesetzt und Gordon gedacht: *Du bist der Boss.*

So hatte er das Ruder herumgerissen – und die Jolle hatte sich gefährlich zur Seite geneigt. Was dann genau geschehen war, konnte Gordon nicht mehr genau sagen. Es war irgendetwas geschehen, das ihm wie ein Schlag vorgekommen war. Ein Schlag, so wuchtig, der ihn ins Wasser katapultiert hatte. Das nächste, an das er sich erinnerte, war, dass er sich wie ein nasser Hund an die umgekippte Jolle geklammert und die unentwegten Hilfeschreie von Sandra in den Ohren hatte.

Warum seine Haare nass waren, seine Kleidung so schwer, als würden Tonnen an ihm hängen, hatte er nicht gleich begriffen. Erst als ihm eine vom auffrischenden Wind aufgewühlte Welle ins Gesicht schlug, hatte er verstanden, dass er aus der Jolle heraus in den See gefallen war.

Und Sandra?

Marko?

Beide waren auch auf dem See geschwommen, immer wieder gegen die aufkommenden Wellen kämpfend.

»Klar. Kann man so richtig schön bei entspannen.«

Gordon nickte, obwohl sie es nicht sehen konnte. Er war froh, dass die in ihm aufgestiegenen Erinnerungen langsam zerrannen. Die Angst, die er damals hatte, als er abrutschte und einmal unter Wasser tauchte, wollte und konnte er nicht mehr ertragen. Solch eine Angst hatte er niemals wieder gefühlt. Als das dämmrige Sonnenlicht noch mehr verschwamm, sich schillernd durch das sich über ihn schließende Wasser brach, hatte er geglaubt, ertrinken zu müssen.

Dass er gleich wieder aufgetaucht und japsend nach Luft geschnappt hatte, war dabei nicht wichtig gewesen. Es war das beklemmende, seine Kehle zuschnürende Gefühl der in ihm sich ausbreitenden Panik, das ihn immer wieder zittern ließ. Eine Panik, die ihn fertig machte.

Es war ihm vorgekommen, als würde sich eine Tür für immer schließen – ohne die Möglichkeit, sie jemals wieder öffnen zu können.

»Hast du ein eigenes Boot?«

»Boot?«

Aus ihrer Frage konnte er den spöttischen Unterton geradezu herauslesen.

Und das Gute daran war, dass es ihn nicht störte. Dass er es schön fand, dazu beigetragen zu haben, dass sie sich wohlfühlte. Am Wichtigsten jedoch, dass er sie dadurch an den PC band. Dass er eine weitere Möglichkeit hatte, sich mit ihr zu unterhalten.

»Na ja ... Es gibt da ja schon Unterschiede.«

»Die du mir ja bei einem gemeinsamen Abendessen einmal erklären kannst, oder?«

Schweigen – auf beiden Seiten.

Gordon blinzelte, konnte nicht fassen, was er da gerade geschrieben hatte, und wollte gerade hinzufügen: *Musst du aber nicht,* als er die Animation sah, die ihm zeigte, dass Katharina auf seine Frage antwortete.

Schweiß brach ihm aus. Sein Herz begann wild zu schlagen. Lachte sie ihn jetzt aus? Oder kam ein entschiedenes NEIN herüber? Fragen, die ihn ehrlich und offen an seinem geistigen Zustand zweifeln ließen.

»Gerne«, kam als Antwort. »Wie, wann und wo?«

*

Passt das T-Shirt? Oder doch lieber ein Hemd? Was ist mit der ¾-Hose? Zu lässig? Doch lieber eine Jeans? Die Armbänder, die er so gerne trug? Die lässige Surferkette oder doch irgendetwas ganz anderes? Wer bin ich? Was bin ich? Was will ich zeigen?

Es machte Gordon verrückt, dass er sich nicht entscheiden konnte.

So war er doch sonst nicht. Nein, er war immer ein Mann der Entscheidungen gewesen. Hatte sich nie von der Meinung anderer beeinflussen lassen. Und jetzt? Jetzt verfiel er in dauerhafte Panik, weil er sich mit einer ihm eigentlich fremden Frau traf?

Hallo?

Katharina ...

Katharina-Linda, verbesserte er sich in Gedanken und fügte dann hinzu: *Paulsen.*

Schließlich beruhigte er sich wieder, als er durch die Fußgängerpassage schlenderte und in Richtung Lokal unterwegs war, um sich mit dem Schatten seiner Vergangenheit zu treffen. Nicht, dass er die Wortwahl negativ behaften wollte – aber nach gründlichen Überlegungen und einer Auseinandersetzung mit sich selbst hatte er sich dazu entschlossen, der ganzen Sache nur noch nüchtern zu begegnen.

Sie war da, ja.

Sie tauchte immer wieder auf, klar.

Er ließ sie nicht los, immer doch.

Und genau das war es, was ihn dazu getrieben hatte, eben die Wortwahl zu treffen, die er getroffen hatte. Sie war ein immer durch seine Seele wabernder Schatten, der dann aufbrach, wenn irgendetwas bei ihm nicht stimmte oder er unzufrieden war. Sie gab ihm dann Halt, wenn er glaubte zu taumeln.

Deswegen war sie ein Schatten, der ihn unbemerkt begleitete, überall hin folgte und stets über ihn zu wachen schien.

Gordon strich sich noch einmal durch die Haare, betrachtete sich in einem Schaufenster und fand, dass er viel zu dick geworden war. Man konnte unter dem Hemd, das er angezogen hatte, deutlich seine kleine Plauze sehen. Nicht, dass es ihn irgendwann mal in seinem Leben gestört hatte, dass er zugenommen hatte. Aber jetzt, in diesem Augenblick war es ihm, als ob er ein aufgeschwommener, watschelnder Kerl war, dem die Leute nachguckten, weil sie so etwas noch nie in ihrem Leben gesehen hatten. Nicht, dass Gordon irgendetwas gegen dicke Leute hatte – um Himmels willen, nein. Aber der eben in seinem Kopf entstandene Gedanke ließ ihn nicht mehr los und das erste Mal fühlte, wie Menschen Blicke anderer ausgesetzt waren.

Dabei siehst du noch ganz normal aus. Dein Bauch hat ja kaum einen Umfang, versuchte er sich zu beruhigen und grinste sich schief im Schaufenster zu. Nur, um dann gleich wieder zu erstarren.

Der Dreitagebart ... Was hast du dir nur dabei gedacht? Du siehst aus, als hättest du tausende kleiner Fusseln im Gesicht.

Blödsinn, meldete sich eine andere, beschwichtigende Stimme in ihm, *du trägst seit der Bundeswehr einen Dreitagebart. Das weißt du genau. Du hast dich damals nicht dem Zwang des Rasierens aussetzen wollen. Du hast dich nie unterbuttern lassen wollen. Hast absichtlich die abscheulichen, dummen Gewehre falsch zusammengesetzt, deine Uniform nicht richtig angezogen und den Gleichschritt so durcheinandergebracht, dass dein Feldwebel permanent auf dich eingeschrien hat. Und du machst dir plötzlich Gedanken darüber, dass er aussehen könnte wie Fusseln? Alter, beruhig dich mal und komm wieder herunter, es ist nur eine läppische Verabredung. Mehr nicht.*

Mehr nicht ...

Das waren die Worte, die ihn wieder zu beruhigen versuchten. Mehr nicht. Er brauchte wirklich keine Panik zu schieben. Warum auch? Eben, es war nichts anderes als eine Verabredung. Okay, eine Verabredung mit einer der bezauberndsten Frauen, die er jemals kennengelernt hatte. Eine Frau, die sein Schatten war. Die ihn Tag und Nacht begleitete und irgendwie immer da zu sein schien.

Gordon seufzte.

Langsam, aber sicher wurde ihm das alles viel zu kompliziert. Er glaubte sich in seinen eigenen Gedanken zu verstricken. Und das, was am schwersten wog, war, dass er mit Sabrina noch nicht wirklich über sein Gefühlschaos gesprochen hatte. Er hatte ihr zwar gesagt, dass er sich mit Katharina-Linda Paulsen traf, aber nicht, dass sie ihn unablässig verfolgte und nachts um den Schlaf brachte.

Ebenso wenig hatte er mit seiner Frau darüber geredet, dass er sich – egal, wo er war – an eine Frau erinnerte, die ihn seit Jahren nicht mehr gesehen hatte.

Und jetzt traf er sich mit genau dieser Frau.

Gordon seufzte wieder, als er vor dem Lokal stehen blieb und zu dem auf der anderen Straßenseite liegenden Parkplatz schaute, auf dem Katharina parken würde.

Oder?

Würde sie, wie er, die Einkaufspassage hinaufschlendern?

Gordon machte sich schon wieder verrückt.

Plötzlich stand sie vor ihm.

Unvermittelt, als wäre sie aus dem Erdboden gekommen.

Und wie sie aussah. Wie sie lächelte. Wie es in ihren blauen, runden Augen funkelte, und alles, ja wirklich alles in Gordon für einen klitzekleinen

Moment zum Erliegen brachte. Er stand nur da und betrachtete die zierliche Gestalt, die aber auch etwas Drahtiges, etwas Beständiges hatte. Er lächelte ebenfalls, schief, wie er glaubte, weil er vor Staunen den Mund nicht geschlossen bekam – so sehr nahm sie ihn wieder in ihren Bann.

Gordon konnte sich gar nicht sattsehen an den weichen Zügen ihres Gesichtes. Katzengleich liefen die Wangenknochen in das weiche, von einem Grübchen versehene Kinn über. Er sah die roten, schmalen Lippen, die aber dennoch etwas Volles, Verführerisches hatten und ihn so sehr gefangennahmen, dass es eben genau die Lippen waren, die er gerne küssen wollte.

Lippen, die einen feinen Schwung aufwiesen, der etwas von einem Halbmond hatte, der abgerundet, weich scheinend, am Himmel stand. Und dann der Übergang von den Lippen zur Nase.

Gordon merkte, dass er Katharina anzustarren begann.

Im nächsten Moment aber strich er das Unbehagen, das ihn beschlich, mit einem einzigen Gedanken beiseite:

Ich habe sie immer nur auf Bildern und in meiner Fantasie gesehen. Und jetzt, wo sie leibhaftig vor mir steht, wo sie endlich fleischgewordene Realität war, lasse ich mir den Moment nicht nehmen, sie ausführlich zu betrachten. Hey, sie schaut dich auch an. Sie mustert dich ebenfalls. Sie ist ebenso an dir interessiert wie du an ihr. Sie zeigt es vielleicht nicht so plump, aber sie steht ebenfalls vor dir und weiß nicht, ob sie dich in den Arm nehmen soll oder nicht. Komm, mach den ersten Schritt, Alter, und beuge dich vor. Ein Küsschen muss es ja nicht sein. Aber eine Umarmung. Nur eine klitzekleine, ihren Körper spürende Umarmung.

Bei diesen Gedanken fielen seine Blicke auf ihre feine, kleine Nase, die er damals schon geliebt hatte. Eine Nase, die sie so niedlich kraus ziehen konnte, um ihre Skepsis zum Ausdruck zu bringen.

Und die Augen ...

Diese gottverdammten, schönen, blau funkelnden Augen.

Was ich nicht alles in ihnen lesen kann. Was da nicht alles geschrieben steht.

Ja, er konnte so viel in ihnen lesen; erkannte die Lebenslust, die Freude an allem, was sich bewegte, wuchs und lebte. Er hatte das Gefühl, als würde er in einen hell erleuchteten, alle Zweifel beiseite tragenden Schacht schauen, der ihn auf Wege führen konnte, von denen er niemals im Leben gewagt hatte zu träumen.

Und wie sie sich anfühlte, als sie die erste Hemmschwelle überwand und ihn in den Arm nahm. Wie weich sie sich anfühlte. Wie zart und doch kräftig ihre Arme waren, als sie ihn fest drückte und mit einer hellen, melodischen Stimme ein weiches »Hi« ins Ohr hauchte.

Ja, er konnte unter ihrer weitfallenden, luftigen Bluse ihren Körper spüren, den Ansatz ihrer kleinen, runden Brüste durch den Stoff ihrer Kleidung.

Es war ein unbeschreibliches, ein für ihn nicht zu begreifendes Hochgefühl, das ihn durchflutete und glauben ließ, innerlich explodieren zu müssen. Nicht, weil er die unter dem Druck nachgebenden Brüste fühlte – nein, weil er sie, seine Katharina-Linda Paulsen in den Armen hielt. Ja, er hielt SIE in den Armen. Die Frau, die ihn seit seinem sechsten Lebensjahr nicht mehr losließ. Die ihn verfolgte, ihm nachstellte, in dunklen Ecken seines Gehirns auflauerte und ihn in einen Lichtkegel tauchte, dass er glaubte, blind werden zu müssen.

Und genau diese Frau konnte er jetzt fühlen, riechen, ja, beinahe sogar schmecken.

Du bist verrückt, dachte er, als sie die Umarmung noch einmal verstärkte und sich dann von ihm zu lösen begann – ein Umstand, den er irrwitzigerweise verhindern wollte. Es war verrückt, das wusste er, aber wenn er ehrlich zu sich selber war, und das war er meistens, dann wollte er nicht, dass dieser Augenblick aufhörte. Er wollte nicht, dass sie ihn losließ und sie sich dann, vielleicht peinlich berührt, anschauten, ohne genau zu wissen, was sie nun zueinander sagen sollten. Außerdem hatte er noch den nicht beendeten Gedanken in seinem Kopf, der sich mehr und mehr in den Vordergrund drängte und ihn zuzuschreien schien:

Ja, du bist verrückt. Total irre. Übergeschnappt. Was denkst du dir eigentlich dabei, so was zu denken? Alter, du bist verheiratet, hast 'ne tolle Frau und eine süße, kleine Tochter. Und jetzt schwimmst du auf einer Emotionswelle dahin und denkst dir verrückte, aberwitzige und total hirnverbrannte Sätze aus. Dicker, ich weiß nicht, wie du das siehst, aber ich glaube, du musst dir klar werden, was du überhaupt willst. Willst du in der Vergangenheit oder der Gegenwart leben? Willst du beschaulich leben oder abgedreht? Was schwebt dir vor? Alter, sag mir, was du willst – was du dir vorstellst.

Gordon verharrte für einen kurzen Augenblick und war insgeheim froh, dass Katharina die Umarmung endgültig löste. Obwohl, nun ja, so wirklich glücklich war er darüber nicht. Hatte er am Anfang so viel wahrgenommen, so viel bemerkt und in sich aufgesogen, wie ein trockener Schwamm das Wasser, hatten seine Gedanken ihm die letzten Eindrücke geraubt.

Er war plötzlich über sich und seine Gedanken beleidigt, als er, indem sie einen halben Schritt zurücktrat, ihren angenehmen, weichen Geruch wahrnahm, der etwas Frisches, etwas Offenes hatte. Eine Priese, wie er glaubte, die vom Meer herüber auf die Promenade wehte und den hinaus aufs Wasser starrenden, voller Sehnsüchte steckenden Träumer in die Ferne ziehen wollte. Ein Geruch, der sich lieblich in seine Nase schmiegte und den ganzen Abend nicht verblasste.

»Hi«, sagte nun auch Gordon endlich, dem noch immer schwindelig war. »Schön, dich zu sehen.«

»Mich freut es auch. Wollen wir hineingehen?«

»Gerne«, antwortete er und versuchte noch immer, seinen wie im Nebel liegenden Kopf freizubekommen.

Erging es ihr ähnlich?

Gordon versuchte in ihrem Gesicht, ihren Gesten, ihrem Gang herauszufinden, was gerade in ihr vorging. Aber egal, wie sehr er sich auch anstrengte, egal, was er versuchte, glaubte er, vor einer ihm bekannten Fremden zu stehen, in der es ihm nicht möglich war zu lesen.

Nein, er schaute sie nur an, wie sie sich von ihm wegdrehte, dem Lokal entgegen. In diesem Moment bemerkte er ihre schönen blonden Haare, die sie lose zu einem Pferdeschwanz gebunden hatte. Jetzt erst spürte er auf seiner Wange noch das kitzelnde Gefühl ihres nicht gebändigten Haares auf der Haut. Ein angenehmes Kribbeln durchfuhr ihn, als er seine Wange berührte.

Wie gut sie riecht. Wie leichtfüßig sie sich bewegt. Wie hübsch sie ist ...

»Kommst du?«, fragte sie, als sie bereits die Stufe zum Lokal hinaufgetreten war und Gordon noch immer genau da stand, wo er auf sie gewartet hatte.

»Klar.«

Sie lächelte ihn an, als er ungeschickt an ihr vorbei nach der Tür griff, um sie aufzuziehen.

»Nach dir«, meinte er.

»Danke!«

Sie deutete einen Knicks an – war er spöttisch? Ehrlich? Oder hatte er nichts zu bedeuten?

Mach dich nicht verrückt, Alter, interpretiere doch nicht so viel in alles und jeden rein. Sie fand es einfach nur nett, dass du ihr die Tür aufgehalten hast.

Sah das auch nicht peinlich aus? Nicht aufgesetzt?

ALTER?

Ja, ja, ist ja schon gut.

»Wollen wir uns da hinsetzen?«, wollte sie wissen und zeigte auf einen in der hintersten Ecke des Lokals stehenden Tisch.

»Gerne.«

Als sie vorging, sich in dem schmalen Gang vorwärtsbewegte, der einen oder anderen über die Rückenlehne gehängten Handtasche auswich, sah ihre viel zu weite, aber doch zu ihr passende Bluse aus wie ein im Wind wehendes Tuch. Ein Tuch, das irgendwie eine Schnittstelle zu sein schien. Eine Schnittstelle, wie er sie so noch nie in seinem Leben betrachtet hatte. Eine Schnittstelle, wenn man so wollte, die irgendwo in weiter Ferne und doch ganz nah war. Vergleichbar mit dem vom Strand wegtreibenden Meer, das durch Sog und Kraft, Gezeiten und Strömungen sich immer wieder neue Bahnen suchte.

Und ebenso war sie – greifbar und doch fern. Deutlich sichtbar, aber doch verschwommen.

Ein Bild, von sicherer Hand unsicher gezeichnet.

Sie ist toll, dachte er, als sie vor dem Tisch stehen blieb und sich zu ihm umdrehte.

»Der hier?«

»Setz dich«, meinte er mit heiser klingender Stimme und räusperte sich, als er den Stuhl zu sich zog.

»Ich freue mich, dich zu sehen«, gab sie ehrlich lächelnd zu und gab ihm das Gefühl, wieder auf ihrem Geburtstag zu sein.

Er glaubte wieder, nur ihre Aufmerksamkeit zu haben. Sie wollte ihn sehen, so wie er sie sehen wollte. Ihre Nähe zu spüren, sie nicht mehr loszulassen und den einen oder anderen blöden Witz von sich zu geben.

Blöde Witze? Mit dreißig? Dicker, beherrsche dich.

»Wie geht es dir so? Was machst du? Man liest ja ab und zu von dir in der Zeitung«, redete sie, ohne ihm die Chance zu geben, auf ihre Fragen zu antworten.

Ja, er glaubte, ein wenig von Vorfreude begleitete Nervosität bei ihr zu spüren.

Sehr gut.

»Wegen den Kurzfilmen, die ich immer wieder mal drehen lasse.«

»Es war doch erst letztens ein Bericht von dir in der Stadtteilzeitung. Meine Mutter kam gleich zu mir und zeigte mit den Artikel.«

»Oh«, meinte Gordon und lächelte schmal.

Ihre Mutter.

Schon wollte er sie fragen, ob sie die Nase gerümpft hatte, als sie den Artikel ihrer Tochter zum Lesen gab. Hatte sie einen genervten oder anerkennenden Blick? War sie emotional berührt oder desinteressiert gewesen? Ein einfacher Austausch von Informationen?

Wieder spürte Gordon die protestierende Stimme in sich aufsteigen, die ihn ermahnen wollte, nicht so verrückte Dinge zu denken. Die ihm wieder und wieder zuflüsterte, er solle das alles hier nicht überbewerten.

Aber während er genau diese Gedanken niederzuringen versuchte, sendete ein anderer, ein angegriffener und verletzter Teil seiner Seele eine bissige Botschaft nach der anderen:

Natürlich will ich das wissen, wie sie reagiert hat. Denkst du denn wirklich, dass ich vergessen konnte, wie sie mich anschaute, als sie mir den Teller auffüllte? Dass ich mir nicht bewusst war, dass sie mich als Störenfried sah? Als kleiner, komplizierter Bengel, der in das wohlig organisierte Heim eingedrungen war, um ihr den größten Schatz, den sie hatte, wegzunehmen? Oh ja, genau deswegen will ich wissen, wie sie heute, nach so vielen Jahren zu mir steht.

Auch jetzt, wo er diesen Gedanken nachhing, konnte er seine Faszination nicht von Katharina-Linda Paulsen lösen. Es kam ihm vor, als würde er endlich da sein, wo er seit so vielen Jahren sein wollte.

Als er aufblickte, sagte sie etwas, das ihm einen wohligen Schauer über den Rücken jagen ließ:

»Es war toll, dich in der Zeitung gesehen zu haben.«

Er konnte erst gar nichts sagen – konnte nur in ihr lächelndes Gesicht blicken, in das sich etwas geschlichen hatte, das er nicht zu ergründen vermochte. Es war, so versuchte er es sich zu erklären, eine langsam bröckelnde Fassade, die das erste, schüchtern schimmernde Gefühl durchließ. Vergleichbar mit durch dichten Nebel brechendem Sonnenlicht, das es endlich schaffte, den auf der Welt liegenden Trübsinn zu vertreiben.

»Ich finde es toll, dich jetzt zu sehen«, sagte er zögerlich.

Wieder begleiteten seine Worte rasende Gedanken, die ihn warnten und ihm zuriefen, er solle nicht zu offensiv sein. Sie mahnten und riefen ihn zurück. Aber es waren auch Gedanken dabei, die ihn peitschten, vorwärtstrieben und ihm mit heiseren Stimmen zuschrien, er solle ihr Komplimente machen, um ihr zu zeigen, wie ernst er es mit ihr meinte.

Ich meine gar nichts ernst, schoss er panisch zurück, *ich bin verheiratet und habe eine Tochter. Merkt es euch endlich!*

Merk du es dir!

Gordon schluckte bitter, als er verkrampft lächelte und begriff, was er da eben gedacht hatte.

Ja, natürlich musste er es sich merken, Ja, er war es, der begreifen musste, dass er hier einer Frau gegenübersaß, die ihn zwar begeisterte, ihm aber nicht gehörte.

Sie war eine Fremde – *eine tolle Fremde* –, aber immer noch eine Frau, die er seit mehreren Jahren nicht gesehen hatte.

Wieder versuchte er zu lächeln.

»Das finde ich natürlich auch«, meinte sie mit niedergeschlagenen Augen, die Blicke auf ihre Hände gerichtet. »Also dass ich dich sehe.«

»Und was machst du?«, fuhr er die Unterhaltung fort, weil er den peinlichen Moment des gegenseitigen Unwohlseins hinter sich lassen wollte.

»Was meinst du? Arbeit?«

»Zum Beispiel.«

»Hab 'ne Klasse übernommen«, erzählte sie stockend.

Gordon fiel auf, dass sie nicht so gerne über sich sprechen wollte. Da war etwas in ihr, etwas Neugieriges, das ihn musterte, ihn betrachtete und in ihm zu lesen versuchte.

»Oh, cool.«

»Na ja«, winkte sie ab. »Bringt schon Spaß.«

»Finde das faszinierend. Ich könnte das nicht. Sabrina ist ja auch Lehrerin, und was sie da leistet, ist 'ne Wucht. Sie ist so engagiert, dass sie sogar Problemschüler zum Lernen animiert.«

Katharina zog die Augenbrauen hoch. Eine Geste, die Gordon nur zu gut kannte. Ein Ausdruck der Überraschung oder der zweifelnden Anerkennung, dass jemand sich in seinem Job so aufreiben konnte. Dass er da alles gab und all seine Energie hineininvestierte, obwohl es doch so viel andere aufregende Dinge gab.

Daher wagte er sich vor, tastete sich auf einem Terrain voran, das ihm völlig unbekannt war.

»Nicht deine Welt, wie?«

»Nein«, sagte sie ehrlich und lehnte sich zurück. Plötzlich wirkte sie gelöst und frei. Alle Ketten, die sie sich selbst angelegt hatte, vielen von ihr ab und gaben ein Bild auf eine junge Frau frei, die vor Erleichterung tief einatmete. Sie lächelte und fuhr fort: »Ich arbeite gerne«, legte sie sich selbst wieder Fesseln an, »aber ausfüllen tut mich das nicht.«

»Dann eher segeln, was?«

Ihre Augen begannen vor Begeisterung zu leuchten.

»Genau. Aber eigentlich alles, was mit Wasser zu tun hat. Wasser und Brettern oder Planken«, schob sie nach und löste in Gordon einen weiteren, wohligen Schauer aus, der ihn innerlich seufzen ließ.

Er liebte es, ihrer Stimme zu lauschen, liebte es, sie dabei zu sehen, wie ihre Hände auf der Tischplatte lagen und unruhig miteinander spielten. Ja, er liebte es sogar, sie nur vor sich sitzen zu haben. Er liebte alles an ihr.

»Stehe deswegen sogar morgens zwei Stunden früher auf, um in einer Windanlage surfen zu gehen.«

»Wow ...«

Sie winkte ab.

»Ach, alles halb so wild. Ist halt ein Hobby.«

Dann wurde es wieder still am Tisch. Eine unangenehme Stille, die zum Glück von der Kellnerin unterbrochen wurde, die mit freundlichem Lächeln fragte, was die beiden bestellen wollten.

»Ich nehme erst einmal ein Alsterwasser«, bestellte Katharina.

»Ich auch. Ein großes aber, bitte!«

»Geht klar«, notierte sich die Kellnerin und fragte dann: »Wollt ihr auch was zu essen bestellen?«

Gordon lachte, in das Katharina einstimmte:

»Wir haben noch gar nicht in die Karte geschaut.«

»Dann komme ich gleich noch mal wieder«, bot die junge Frau an und verschwand wieder.

Gordon musste noch immer grinsen, weil er jetzt erst begriff, dass er die um ihn herum liegende Welt komplett vergessen hatte. Er war in seine Begeisterungen, Gefühle und Gedanken abgetaucht und hatte alles, was um ihn herum passierte, völlig verdrängt gehabt.

»Aber du hast nur eine Tochter, oder?«, begann sie die Unterhaltung wieder und fügte schnell hinzu, als sie seinen Blick sah. »'Ne Freundin meinte, sie hätte dich letztens mit zwei Kindern gesehen.«

Sie unterhält sich über mich, schoss es ihm durch den Kopf, begleitet von einem Hochgefühl des Glücks.

Erging es ihr genauso wie ihm?

War er plötzlich da und löste in ihr Gedanken und Erinnerungen aus?

»Wo das denn?«

Sie zuckte mit den Schultern.

»Keine Ahnung. Sie sagte nur, dass sie der Meinung gewesen ist, dass du es warst.«

»War das vor zwei oder drei Wochen?«

»Mag sein, ja«, nickte sie.

»Dann war das meine Nichte. Sie war zu Besuch, um mit der Kleinen zu spielen. Wir waren Eis essen und auf dem Spielplatz hinterm Schlosspark.«

»Auf einem Spielplatz war das, genau«, lachte Katharina erleichtert.

»Du hast aber keine Kinder, oder?«

»Hab zwei Nichten, das reicht erst mal.«

»Kein Interesse?«

Sie zuckte mit den Schultern.

»Hat sich bis heute nicht ergeben. Mein Freund hat da auch noch nicht drüber gesprochen.«

»Wir sind ja auch noch jung«, meinte Gordon, dem die Unterhaltung plötzlich unangenehm zu werden begann.

Nicht, weil sie einen Partner erwähnt hatte, sondern weil er sich nichts anderes vorstellen konnte, als eine Familie zu haben. Eine kleine, niedliche Familie, in die er sich zurückziehen und fallen lassen konnte. Ein Hort der Ruhe und Entspannung.

Was wäre ich, wenn ich alleine wäre? Ein Nichts. Ich wäre ein Niemand, denn ich brauche das. Ich muss da sein, wo ich geliebt werde.

»Und wie geht es deiner Mutter?«, wollte er vorsichtig wissen.

»Der geht es gut. Kann nur leider kaum noch Sport machen.«

»Oh, warum das?«

»Hat was mit dem Knie.« Sie winkte ab. »Nicht schön. Musste jetzt einige Male operiert werden. Aber das hat sie alles gut überstanden. Hat uns aber auch näher zueinander gebracht.«

»Hattet ihr euch gestritten?«, fragte er naiv, da sein auf Dramaturgie und Konflikten ausgerichtetes Gehirn sofort ein Problem witterte.

Im wahren Leben mochte er natürlich keine Konflikte, aber in seinen Geschichten brauchte er immer Reibungspunkte. Manchmal, ganz selten, wie er meinte, vermischten sich Realität und Geschichten in seinem Kopf. Und wenn er einen Stichpunkt hörte, musste er annehmen, dass die ganze Welt um ihn herum in einem dauerhaften Streit lag, damit er eine Geschichte darüber schreiben konnte.

»Iwo«, erwiderte sie, »ich streite mich nicht mit meiner Mutter. Zwischen uns passt kein Blatt.«

Das klang in seinen Ohren wie eine Drohung.

Du, mein lieber Freund, kannst alles von mir haben. Alles. Wir können Spaß haben, uns lieben und streiten. Aber versuchst du dich nur einmal zwischen mich und meine Mutter zu stellen, wirst du eine Tracht Prügel kassieren, die du niemals in deinem Leben vergisst. Hast du mich verstanden? Du wirst geprügelt, bis du schwarz und blau bist.

Dann beugte sie sich, zu seiner Überraschung, vor, schaute ihn an und fragte:

»Hast du noch Kontakt mit jemandem von früher?«

»Nein«, antwortete er und versuchte sich an irgendjemanden von damals zu erinnern.

Da waren nur Marco und Ralf ... Mehr nicht. Und die anderen? Verschwommene Gesichter in einem immer währenden Fluss der Zeit.

»Ich auch nicht«, bestätigte sie. »Nur mit dir ab und zu. Liegt bestimmt daran, dass ich dich damals so toll fand!«

Gordons Kehle wurde trocken. Er zuckte zusammen, lächelte verkrampft und konnte nichts sagen. Gar nichts. Ihre Blicke aber riefen regelrecht nach ihm und forderten ihn auf, endlich das zu sagen, was ihm seit so vielen Jahren auf der Seele brannte. Sie flehten und verspürten jedoch auch Distanz. Ja, er hatte das Gefühl, als ob sie sich gerade viel zu weit aufs Eis hinausgewagt hatte und jetzt begriff, dass es unter ihr zu brechen begann.

»Weil du so groß warst«, ergänzte sie schnell und ließ den eben entstandenen Augenblick wieder verschwinden.

Sie war plötzlich wieder Katharina-Linda, die einen Freund, aber keine Kinder hatte und zwischen der und ihrer Mutter kein Blatt passte.

»Hab vor Kurzem ein Foto gesehen«, erzählte er. »Da waren wir beide drauf.«

»Echt?«

Er nickte.

»War, glaube ich, dein Geburtstag. Die Schöne und das Biest, wenn du mich fragst«, lachte er und versuchte seinen Schrecken zu verbergen, den er beim Betrachten des Fotos empfunden hatte.

»Wieso?«

»Weil du die Schöne warst und ich das Biest. Kannst du dich an meine Frisur von damals erinnern? Prinz Eisenherz war nichts dagegen.«

Sie lachte. So ehrlich und liebevoll, so herzerweichend und schön, dass Gordon sie lächelnd dabei betrachtete. Sie war noch schöner, als würde sie nur vor ihm sitzen und ihn aus ihren unergründlichen Augen anschauen. Lachte sie, schien es, als würde sich der Geruch eines gerade abklingenden Gewitters in ihm ausbreiten.

»Ich sah schrecklich aus. Hat nur noch der Buckel gefehlt.«

»So habe ich dich niemals gesehen.«

»Mit Buckel?«

Sie winkte schmunzelnd ab.

»Dass du hässlich warst.«

Er lächelte wieder leise in sich hinein.

»Hab dich damals echt gerne gehabt.«

Sie nickte und ergriff, zu seiner Verwunderung, plötzlich die Karte.

Sie will darüber nicht reden. Warum auch immer. Dabei hätte ich ihr so gerne gesagt, was ich damals für sie empfunden habe. Was ich alles für sie getan hätte, nur damit sie mich wahrnimmt und mich als ihren Gordon sieht. Dass sie nicht mehr die Hand des gelackten Arsches halten brauchte und sich ungezwungen mit mir in der Schwimmhalle unterhalten konnte.

»Hast du dich schon entschlossen, was du essen willst?«

»Hier kann es nur 'ne Currywurst mit Pommes Frites geben«, meinte er mit einem enttäuschten Unterton in der Stimme.

»Ich nehme das Schnitzel«, meinte sie und klappte die Karte wieder zu.

Als die beiden Papierhälften aneinanderschlugen, war es, als hätte sie einen Strich unter die eben geführte Unterhaltung gezogen …

*

Seit dem gemeinsamen Essen hatten beide nur sporadisch voneinander gehört, obwohl der Abend ausgesprochen interessant und nett gewesen war – um nicht ›schön‹ sagen zu müssen.

Gordon hatte sich in Katharinas Nähe wohlgefühlt, hatte gerne mit ihr gesprochen und sich über sie informiert. Ja, er war so gerne bei ihr gewesen, dass er, als sie sich erhoben hatten, beinahe bedauert hatte, dass der Abend schon zu Ende war.

Ganz Gentleman, wie er nun mal war, war er mit ihr zum Wagen gegangen, hatte ihre Nähe und Unbekümmertheit genossen.

Die Tatsache, dass sie ihm ein Küsschen auf die Wange gehaucht hatte, bevor sie sich ins Auto setzte, hatte ihn erst verwirrt, dann erfreut.

Nun weiß ich, wie sich ihre Lippen anfühlen, dachte er, während er nachts im Bett lag, die Hand an die Wange gehoben, die Finger da, wo sie ihn geküsst hatte. *Weich und zart waren sie gewesen und ihr Duft begleitet von Wasser, Freiheit und Meer. Ja, sie war ganz zart gewesen – so liebevoll und genüsslich, dass ich heute noch denke, sie hat mir den Kuss gerne gegeben.*

41

Trotzdem, obwohl alles ungezwungen gewesen war – von den ersten Holpersteinen einmal abgesehen –, war der Kontakt jedoch wieder auf ein Minimum reduziert gewesen. Jeder hatte seinem Leben nachgehangen und sich auf das konzentriert, was vor ihnen lag.

Eine Zeit, die Gordon Ruhe gegeben hatte.

Ja, der Urlaub mit seiner Familie war erholsam und interessant gewesen – besonders deswegen, weil er für eine neue Filmidee einen Platz gefunden hatte, den er unbedingt verwenden wollte.

Er war Sabrina nie so nah gewesen wie in dem Augenblick, und er fühlte sich in der Nähe seiner Tochter so wohl, dass er an gar nichts anderes mehr denken konnte. Nichts anderes. Selbst dann nicht, wenn er nachts aufwachte, in die Dunkelheit hinauf zur Decke starrte und seine rasenden Gedanken nicht unter Kontrolle bringen konnte.

Er drehte sich herum, kuschelte sich ins Kopfkissen und schlief weiter.

Es war befreiend gewesen, endlich stehen zu können, wo er stehen wollte. Und es war gut, nicht mehr hin und her gerissen zu werden zwischen der Vergangenheit und der Gegenwart. Nein, er war so ausgeglichen und froh, dass er sich mit niemandem, außer dem, was vor ihm lag, beschäftigte.

Die Vergangenheit, solange man sie ruhen lassen konnte, ruhte. Sie kehrte nicht mehr zu ihm zurück – ließ ihn wirklich glauben, dass alles nun das war, was er haben wollte und haben musste.

Bis ...

... er an seiner alten Grundschule vorbeikam.

Ah, begrüßte er sie, *da bist du ja wieder.*

Ende